Marguerite Duras

Monderato cantabile

Hiroshima mon amour

Une aussi longue absence

Œuvres complètes

04

Marguerite

Duras

杜拉斯全集

广岛

[法]

玛格丽特·杜拉斯

著

王道乾 谭立德 陈景亮

译

上海译文出版社

目 录

琴声如诉

王道乾　译

致 G.J.

一

“琴谱上写的两个字，你念念看？”钢琴女教师说。

“Moderato cantabile，”小孩回答。

老师听小孩这样回答，拿铅笔在琴键上点了一点。小孩一动不动，转过头来仍然看着他的乐谱。

“Moderato cantabile 是什么意思？”

“不知道。”

坐在离他们三米远的一个女人，叹了一口气。

“Moderato cantabile 是什么意思，你真不知道？”老师又问。

小孩不回答。老师又拿铅笔敲了一下琴键，无能为力地叫了一声，声音是抑制住的。小孩连眉毛也一动不动。老师转过身来，说：

“戴巴莱斯特太太，您看这孩子。”

安娜·戴巴莱斯特太太又叹了一口气。

“您这是对谁说的呀，”她说道。

小孩仍然不动，眼睛低低垂下，独自在想：已经是傍晚的时候了。想到这里，他有点打颤。

“上次我给你说过，上上次也告诉过你，我给你讲过有一百遍，你肯定是不知道？”

小孩认为还是不回答为好。老师把她面前这个对象再次打量了一下。她更加生气了。

“又来了，又来了，”安娜·戴巴莱斯特悄声说。

“明摆着嘛，”教师继续说，“明摆着嘛，就是不肯回答。”

安娜·戴巴莱斯特也把孩子从头到脚打量了一番，只是方式和教师有所不同。

“你快说呀，”教师尖声叫了起来。

小孩丝毫没有感到吃惊的表示。他不出声，始终不回答。教师第三次敲打琴键，用力太猛，铅笔敲断了。就在小孩两只手的旁边。小孩圆滚滚的两只小手，还是乳白色的，就像含苞待放的花蕾一样。小手紧紧攥在一起，一动不动。

“真是一个难弄的孩子。”安娜·戴巴莱斯特说这句话，并非不带有某种胆怯气馁的意味。

小孩听到这句话，转过脸去看了她一眼，他这动作极快，只要看到她在也就放心了，时间不过是转瞬之间。随后，他又恢复他那作为一个对象的姿态，眼睛看着琴谱。他的手仍然紧紧捏在一起。

“我才不想知道他是不是难弄，戴巴莱斯特太太，”女教师说，“不管难弄不难弄，总该听话呀，否则，那怎么行。”

她这些话讲过之后，从敞开的窗口大海的声响一涌而入。微弱的市声同时也涌进窗来。全城在这个时刻正处在这春天下午的中心点上。

“最后一次问你，你是不是一定不知道？”

一条小快艇出现在打开的窗口上，在缓缓移动。小孩本已转过脸去看琴谱，微微动了一下——只有他母亲察觉到他动了一下。小艇弄得他心神不安。低沉的马达声全城都可以听到。这里游艇是难得看到的。晚霞把整个天空染成了红色。一些小孩站在码头上眺望着大海。

“当真，最后一次问你，你肯定是不知道？”

小快艇还在窗前移动着。

小孩是这样固执，教师不禁为之震惊。她的怒气也退下来了，本来她采取某种动作是可以强使这个小孩开口回答的，可是小孩根本不把她放在眼里，竟弄得她灰心丧气，一时间她只觉自己的命运是这样荒凉无告。

“干这一行，干这一行，算是什么职业哟。”她苦苦叹息着。

安娜·戴巴莱斯特也不说话，只是稍稍俯下头，似乎是在表示同感。

小快艇终于在窗框之间滑过去看不见了。小孩默默无声，潮声显得更响，而且无处不在。

“Moderato 是什么意思？”

小孩张开他的小手，伸到小腿上，轻轻搔了一下。他这个动作是无意的、轻快的，对这样一个动作大概老师也是无从责备的。

“我不知道，”搔过痒之后，他这样回答。

落日的光辉这时一下变得五色缤纷，十分耀眼，这小孩的金黄色头发也发出异样的色调。

“并不难嘛，”女教师说，她的态度比较平静了一些。

她拿出手帕擤鼻涕，擤了很久。

“看我这孩子哟，”安娜·戴巴莱斯特满心欢喜地说，“我怎么生了这样一个孩子，怎么会生出这么一个倔强的孩子……”

女教师认为指摘这种骄傲情绪似乎也可以不必。

她已经被压倒了。她对小孩说：“已经告诉你一百遍了，Moderato 是中速的意思，cantabile，像唱歌那样，像唱歌那样的中板。”

“像唱歌那样的中板，”小孩说，完全是无动于衷的样子。

女教师转过身来。

“嗳呀，我真可以向您发誓。”

“可怕，可怕，”安娜·戴巴莱斯特笑着说，“固执得像一只山羊，可怕，可怕。”

“再讲一遍，”女教师说。

小孩不出声。

“我说，再重复一遍。”

小孩仍然不动。在这固执的沉默中，海潮的声响又在耳边响了起来。天上的晚霞在最后一次迸发中也变得更加浓重。

小孩说：“我不要学钢琴。”

在大楼下面街上，传来一个女人呼叫声。这悠长的叫声一直传到楼上，把海潮的声音打断。紧接着，叫声突然中断。

“这是怎么回事？”小孩叫道。

“有什么事情发生了，”女教师说。

海潮声又在耳边回荡。晚霞开始变得灰暗。

“没什么，没有事，”安娜·戴巴莱斯特说。

她连忙从椅子上站起来，往钢琴那边走去。

“真是神经过敏，”女教师不以为然地看着他们这样说。

安娜·戴巴莱斯特抱住孩子的肩膀，把他紧紧搂在怀里，弄得他很痛，她几乎是在喊着：

“要学琴，要学，一定要学。”

小孩由于同样的原因，也是因为害怕，在发抖。

“我不喜欢钢琴，”他喃喃地说。

这时，继最初那一声叫喊，又有各种各样的叫声传来。人声嘈杂，证明刚刚的确发生了什么事故。钢琴课还在继续。

安娜·戴巴莱斯特不停地说：“应该学琴，应该学，要学。”

女教师摇着头，对这种温情很不以为然。暮色开始掠过海面。天空上的色彩渐渐变得灰暗。只有西边天际还有一抹红色。那红色也在逐渐消退。

“为什么？”小孩问。

“亲爱的，音乐……”

小孩从容地等了一会儿，他想要理解，但是他弄不懂，不过，他还是接受了。

"好吧。可是下边是谁在叫？"

女教师说："我在等着。"

小孩开始弹琴。在窗下，在码头上，人声嘈杂。但是琴声掩过了下面人群乱纷纷的闹声。

"您看，您看，"安娜·戴巴莱斯特愉快地说，"弹起来了，弹起来了。"

"只要他愿意，他是可以弹得好的，"女教师说。

小孩把一段小奏鸣曲弹完。乐声一停，楼下的喧闹声又涌进房间，那声音是无法抗拒的。

"到底是怎么一回事？"小孩又问。

"再弹一遍，"教师对他说，"不要忘记：Moderato cantabile．就好像是谁给你唱一支催眠曲一样，记住就行。"

安娜·戴巴莱斯特说："我是从来不给他唱的。今天晚上他会要我唱，他总有办法弄得我非唱不可。"

教师无意去听她。小孩开始再弹迪亚贝利①的小奏鸣曲。

教师大声说："降 b 小调，你总是忘记。"

男男女女急切杂乱的闹声愈来愈大，从下面码头直往上冲。好像是讲着同一件事情，但听不真切。钢琴不顾一切地弹下去。这一回是这位女教师坚持不下去了，她中途打断，叫道：

"停下来，停下来。"

---

① Anton Diabelli（1781—1858），奥地利作曲家。

小孩住手不弹。女教师侧过身去对安娜·戴巴莱斯特说：

“真的，是有什么严重的事情发生了。”

他们三人一起走到窗前。在下面码头的左侧，离开大楼有二十米远，在一家咖啡馆门前，围着一大群人。附近几条街上还有人跑来，人很多，团团围在咖啡馆门前一群人的四周。所有的人都在往咖啡馆里面张望。

女教师说：“嗳呀，这个地区……”她又回过身去，抓住小男孩的胳膊，“快，快去再弹一遍，最后一遍，在刚才停下来的地方接下去弹。”

“到底是怎么一回事？”

“弹你的曲子去。”

小孩弹琴。他按照刚才那样的节奏继续弹下去。这一课快要结束了。他按照要求把像唱歌那样的中板很细致地继续弹下去。

“照这样听话，我倒觉得有点讨厌了，”安娜·戴巴莱斯特说，“您看，我究竟想要怎么样我自己也不清楚。真是活受罪。”

小孩继续弹琴，弹得很好。

“戴巴莱斯特太太，您看您给他的是什么教育，”女教师讲出这样的看法，心情似乎是愉快的。

这时，小孩不弹了。

“你为什么停下来？”

“我以为……”

他只好按照要求，继续把小奏鸣曲弹下去。下面嗡嗡的人声愈来愈吵，即使在大楼上面，吵闹声也变得很响，乐声也给掩盖下去了。

“降b小调，不要忘记，”女教师说，“不要搞错，这就对了，很好，是吧。”

小奏鸣曲在展开，扩大开来，又一次弹到最后一个和弦。时间已经到了。女教师宣布今天上课到此结束。

她说：“戴巴莱斯特太太，您带这个孩子，将来可要遇到不少困难。我这是直率地对您说的。”

“已经够困难的了，他可把我磨死了。”

安娜·戴巴莱斯特低着头，两眼紧紧闭起，沉陷在某种永无休止的生儿育女的痛苦的微笑之中。在大楼下面，还有几声叫喊，还有一些现在可以听得清的呼唤声，说明下面发生的还不太清楚的事件现在已经接近尾声。

“究竟是怎么一回事，明天就会弄清楚的，”女教师说。

小孩急忙奔到窗前。

“汽车开来了，”他说。

一大群人挤在咖啡馆进口两侧，人愈聚愈多；不过，从邻近街道拥出的人已经减少；一下有这么多人拥到一起来，是料想不到的。城里人口在增多。这时，人们突然散开，中间让出一条通道，让一辆黑色运尸车开进去。车上下来三个人，进了咖啡馆。

有人说：“是警察。”

安娜·戴巴莱斯特问发生了什么事。

“有一个人给杀死了。是一个女人。”

她把孩子领到女教师吉罗小姐住的那座大楼的门廊前，叫他在这里等着，她自己又回到咖啡馆门前，钻到人群里面去，一直挤到最靠里的一排人那里，这些人一动不动站在敞开的玻璃窗前正在往里面张望。在咖啡馆尽里面，在后厅半明半暗的地方，有一个女人直僵僵躺在地上。还有一个男人，趴在那个女人的身上，抓住她的两肩，在静静地喊着那个女人。

“我的亲人啊。我亲爱的人啊。”

他脸转过来，看着这边正在看热闹的人，这时大家才看清他那两个眼睛。他的眼睛，除了表现出对这个世界、对他的欲望被粉碎但又不可能被毁灭、完全反常的表情以外，没有任何其他表情。警察走进咖啡馆。老板娘俨然站在柜台边上，正在迎候。

“我催了你们三次了。”

“不幸的女人，”有人这样说。

“为什么？”安娜·戴巴莱斯特问。

“不清楚。”

那个男人在神志不清状态下，就在那个直挺挺躺在那里的女人身上滚来滚去。一个警官抓住他的手臂，一把把他拉起来。他也听任人家就这样把他拉起来。因为自尊心在他显然是已经不存在了。他那一直失神的眼光只顾盯着警官。警官把他放开，从衣袋里取出记录簿、铅笔，问他姓名、身份。警官在等着。

“先不忙，用不着，我现在不回答问题，”那个男人说。

警官也不坚持，走过去找他的那些同事。他们坐在后厅最后一张台子上，正在向老板娘问话。

那个男人坐到死去的女人的身旁，抚摩她的头发，对她微笑。一个青年匆匆跑到咖啡馆门前，脖子上吊着一架照相机，进去给那个坐在地上笑着的人拍照。镁光灯一闪之下，可以看出那女人年纪很轻，在她嘴上还有几条混乱交错的细细的血流，血还在往下流，那个男人吻过她，所以他脸上也有血迹。人群当中有人说：

“真叫人恶心，”他转身走开了。

那男人紧挨着女人又侧身躺下去，不过他只躺了一下，很快又坐起来，好像这样就已经把他弄得筋疲力尽了。

“不要让他跑掉，”老板娘叫道。

那个男人坐起来，仅仅是为了更贴紧女尸再睡下去。他显然已经定定心心决意要这样待下去，他两臂又紧紧抱住女人，脸紧贴着她的脸，把脸埋在女人嘴里涔涔流出的血污之中。

警官根据老板娘的谈话作了笔录。然后这三位警官，面孔一律是极其厌恶的表情，朝着那个男人一步一步不紧不慢地走过去。

小孩很乖地坐在吉罗小姐大楼的门廊下，样子有点发呆。他还在哼着迪亚贝利的小奏鸣曲。

“没什么，好了，”安娜·戴巴莱斯特说，“现在该回家了。”

小孩跟着她走了。派来支援的警察这时开到——不过太晚了，已经没有必要了。这些警察刚刚走到咖啡馆门前，正好那个男人夹在警官中间从咖啡馆走出来。看热闹的人默默让开一条路，让他走过去。

“不是他喊的，”小孩说，“他，他没有喊。”

“不是他。别看了。”

“告诉我到底是怎么回事。”

“我也不清楚。”

那个男人顺从地一直走到运尸车前面。但是，就在运尸车前，他不声不响地反抗了一次，他从警官身边逃走，转身就往咖啡馆里拚命跑去。当他快要跑到咖啡馆的时候，咖啡馆已经关灯打烊。他马上收住脚步，又跟着警官折回，来到运尸车这里，爬上车去。这时，他也许哭了，不过天已经很暗，只能看到他血淋淋、哆哆嗦嗦、难看的面孔，是不是在流泪无法看清。

走在滨海大道上，安娜·戴巴莱斯特对小孩说：“无论如何，你一定要记住。Moderato，意思就是中速，中板，cantabile，意思是像唱歌那样。很容易嘛。”

二

第二天，在城区的另一头，工厂浓烟滚滚；他们母子二人每星期五都要到这一地区来的时间已经过了，这时，安娜·戴巴莱斯特才叫她的孩子：

“快走，快走。”

他们沿着滨海大道走着。在滨海大道上，已经有人在散步了，甚至还有几个去游泳的人。

小孩每天都跟着母亲到城里游逛，已经习以为常。所以不论带他到哪里去都行。可是，当他们走过第一道防波堤，来到第二拖船停泊港，这就到了吉罗小姐那座大楼那里，小孩大吃一惊。

“为什么到这里来？”

“为什么不？”安娜·戴巴莱斯特说，“今天只是来散散步。来呀。这里不行，那就到别处去。”

小孩总归听妈妈的，反正总是跟着她走。

她一直走进咖啡馆，来到柜台前。只有一个男人在这里，他正在看报。

“我要一杯酒，”她说。

她的声音打颤。老板娘觉得奇怪，但很快又恢复常态。

“小孩呢？”

“他什么也不要。”

小孩说：“我想起来了，发出叫声，就是在这儿。”

小孩走到门口，来到阳光下，又走下台阶，跑到人行道上，不见了。

“天气很好，”老板娘说。

她见这个女人一直在发抖，就把眼睛避开去，不去看她。

“我渴了，”安娜·戴巴莱斯特说。

“天气开始热起来了，所以嘛。”

“我想再要一杯酒。”

老板娘见她抓着酒杯的那只手抖个不停，知道这件事不会像自己所希望的那样很快就能弄清楚，只有等感情冲动过去之后，事情才会自然而然地解释明白。

事情发生得这么快，也是出乎她的意料的。安娜·戴巴莱斯特拿起第二杯酒一饮而尽。

她说：“我是路过这里。”

“是散步的时候嘛，”老板娘说。

那个男人放下他的报纸。

“正是，昨天，就在这个时候，我正好在吉罗小姐家里。”

她手的颤抖缓和下来。面部表情也差不多恢复正常。

“我认识您。”

“那是一桩罪案，”男人说。

安娜·戴巴莱斯特说了谎。

“我说呢……我一直弄不清，您看。”

“那当然。”

“当然，”老板娘说，“今天上午，到这里来的人就没有断过。”

小孩只用一只脚在外面人行道上跳来跳去在玩。

“吉罗小姐教我那个小鬼钢琴课。”

酒无疑起了作用，嗓音发颤也消失了。眼睛上渐渐充满着解脱以后的舒畅喜悦。

“他很像您，”老板娘说。

“都这么说，”笑得更爽朗了。

“眼睛像。”

“难说，”安娜·戴巴莱斯特说，“您看……带他出来散步，今天倒巧，找到这里来了。所以……”

“是一桩罪案，是的。”

安娜·戴巴莱斯特又说谎了：

“啊，说说看，我还不知道呢。”

一条拖船离开停泊港，在马达有规律的“空隆空隆”声中匆匆开走。拖船开动的时候，小孩站在人行道上一动不动地看着，后来跑进来，来找他的母亲。

“是开到哪儿去呀？”

她说不知道。小孩就又跑开了。她把她前面那只空酒杯伸手拿起来，注意到自己这个心不在焉的举动，又把杯子放回到柜台上，眼睛低低垂下，在等待着。这时那个男人走过来。

“可以吗？”

她并不觉得有什么可奇怪的，不禁又意乱心慌。

“先生，那是因为我不习惯。”

他叫了酒，又靠近她一步。

“那个喊声是叫得很响，所以准是谁都想弄清究竟发生了什么事。您看，就是我，我也想打听明白。”

她喝她的第三杯酒。

“据我所知，他在她心上打了一枪。”

有两位顾客走进咖啡馆。他们走近柜台，认出这个女人，觉得很是诧异。

“究竟是为了什么，好像是无法了解到？”

可以看出，这样喝酒在她是很不习惯的，也不难看出，每天在这个时刻她通常都是在忙着不同的事情。

“我很希望能告诉您，不过我知道得也不确实。”

“也许没有人知道？”

“他是知道的。现在他已经发狂，昨天晚上给关进去了。她么，她已经死了。”

小孩从外面跑进来，紧靠在母亲身上，又倾心又幸福。她漫不经心地抚弄着他的头发。那男人更加注意地看着。

“他们是彼此相爱的，”他说。

她震动了一下，不过这几乎是无法察觉的。

“那么说，现在你是知道了，”小孩说，“人家为什么要喊叫？”

她不回答他，只是摇摇头，意思是说不知道。小孩又跑开，她眼睛一直盯着他不放，一直看他跑到门口。

“他在兵工厂做工。她么，我不知道。”

她转身向他靠近一点，说：

“也许他们在闹别扭吧，就是因为那种叫作爱情的难题，才发生这种事？”

刚才进来的两位顾客走了。老板娘也在听他们谈话，所以走到柜台这一头来。

她说：“而且她是结过婚的，有三个孩子，平时酗酒，可想而知。”

“那也难说，不是吗？”隔了一会儿，安娜·戴巴莱斯特这样问。

那个男人不同意。她感到惶惑。她的手立刻索索抖起来了。

“反正我不知道……”她说。

“不，不，”老板娘说，“相信我好了。我向来不喜欢管这种闲事。”

又有三位顾客来到。老板娘从这里走开。

那个男人笑着说：“难说难说，我也这么看。他们大概，对了，大概是像您说的，有一个爱情上的难题无法解决。说不定就因为这个无法解决的问题，他才一枪把她打死，谁知道？”

“真的，谁知道。”

她的手不知不觉把酒杯拿起来。他招呼老板娘给他们倒酒。安娜·戴巴莱斯特也不拒绝，那样子倒好像是希望把酒给她斟满。

“看他待她那个样子，”她轻轻地说，“不管是死是活，从此以后，对他来说，仿佛都已经是无关紧要的了，您以为，如果不是……因为绝望，是不是事情也会发展到这一步？”

男人犹豫着，正面看着她；他决断地说：

“那我可不知道。”

他把她的酒递给她，她接过来喝了。他把她带到大厅里一个地方坐下，这无疑是他经常坐的位子。

“您常常在城里散步。”

她喝了一口酒，她的脸上漾起微笑，微笑再次使她的面容变得暗淡，而且比刚才更显得灰暗。她开始醉了。

“是呀，我每天都带我的孩子出来散步。”

他在注意看老板娘，老板娘在陪着那边三位顾客说话。这天是星期六，人们空闲无事。

“不过这个城市虽说不大，可每天总有点什么事故发生，这您是知道的。”

“我知道，反正总有一天……要发生一件更加叫您吃惊的事。”她的思路也乱了，“往常我都是到广场去，再就是去海边。”

酒力在发作，借着几分醉意，她竟自直直看着她面前这个男人。

“您带他出来散步已经有很长一段时间。”

这个正在和她说话又在看她的男人的眼睛，同时也在和她说话，也在看她。

“我是说您带他在广场或海滨散步已经很久很久了，”他又说。

她心里浮起一缕怨恨之情。脸上的笑容不见了，显出气恼的神色，猛然现出她的本来面目。

“我不该喝这么多酒。”

汽笛响了，宣告星期六上班的工人放工。收音机哗的一声响了起来，叫人难以忍受。

“已经六点啦，”老板娘宣布说。

她把收音机的音量关小，忙着做起事来，在柜台上把一排排酒杯摆好。安娜·戴巴莱斯特昏昏沉沉，沉默不语，坐了很久，呆呆地望着码头，不知怎样是好。后来海港那边远远传来一群人熙熙攘攘活动的声音，那个男人开口对她说：

“我刚才是和您说，您带这孩子在海边或广场散步已经有很长一段时间。”

“从昨天晚上开始，从我那个小鬼钢琴课下来以后，我总是在想那件事，想得很多，”安娜·戴巴莱斯特说，“所以禁不住今天就来了，您看。”

最早来到的一批顾客已经走进咖啡馆。那个小孩感到很新奇，从这些人中间穿过来，跑到他妈妈身边，妈妈习惯地把他抱在怀里。

“您是戴巴莱斯特太太。进出口公司和海岸冶炼厂经理的太太。您住在滨海大道。”

在码头另一侧又有汽笛响了起来，不过比前一个汽笛响声显得微弱。一条拖船开来。小孩粗野地挣脱开去，急忙跑走了。

“他在学钢琴，”她说，“他很有天分，就是不愿意学，我不得不迁就。”

咖啡馆里这时照例来客越来越多，他为给他们让地方，坐得和她靠近一些。先来的顾客走了。又有新到的顾客进门。人来人往，熙熙攘攘，这时，太阳已沉落到海那边去了，天空涌出火云，小孩在码头那边一个人玩着。他究竟在玩什么，离得这么远，分辨不清。他在跳过一些什么想象中的障碍物，嘴里大概还在唱着歌子。

“对这孩子我寄托着很多的希望，简直不知怎么办才好，也不知从何着手。真是没有办法。不早了，我该回去了。”

“我常常看到您。我没有想到真有这一天您带着孩子到这里来。”

最后一批顾客刚刚进门，老板娘就把收音机音量加大。安娜·戴巴莱斯特往柜台那边侧身看去，声响迎面扑来，她蹙起眉头，也只好随它去。

“您如果明白人家希望他们能够得到的那种幸福，如果这种幸福也是可能的话，那就好了。也许最好还是让我们分开吧。对这孩子，我就总是想不出一个道理来。”

“您在滨海大道尽头有一处很漂亮的房子。还有一座花园，一座门禁森严的大花园。”

她注目看他，一阵惶惑慌乱袭来，随后，又恢复平静。

“可是这个钢琴课，我倒很喜欢，”她这样说。

天色暗下来，小孩有点心慌，又一次跑到他们这里来。他站在他们身边看着咖啡馆里的人。那男人向安娜·戴巴莱斯特示意要她看看外面。他对她笑着。

“您看，”他说，“太阳斜下去了，太阳西沉……”

安娜·戴巴莱斯特看着，细心地慢慢地拉好她的大衣。

“先生，您就在本城工作？”

“在城里，是的。您下次再来的话，我去把其他的情况了解一下，下次再告诉您。”

她眼睛垂下，若有所思，面色苍白。

她说：“她嘴上都是血，可是他还在亲她、吻她。”

她控制着自己，说：“您刚才说的，您认为是那样？”

“我什么也没有说。”

夕阳这时已经低垂，一缕缕阳光照射在那个男人的脸上。他倚着柜台，站在那里，一时全身都沐浴在夕照之下。

“一看到他，总是控制不住自己，不是吗，几乎是避也避不开？”

男人又说：“我什么也没有说，不过我相信，他对准她的心打了一枪，因为她要他这样做。”

安娜·戴巴莱斯特一声长叹。从这个女人身上发出的，可说是一声放肆的、多情的哀叹。

“真怪，我还不想回家，”她说。

他猛地拿过自己的酒杯一口喝尽，他一句话也没有说，眼睛也不去看她。

“我真是喝得太多了，”她继续说，“您看，是这样。”

“对，是这样，”男人说。

咖啡馆里几乎空无一人。来客越来越少。老板娘一边洗酒杯，一边拿眼偷觑，见他们这么晚还迟迟不去，肯定心中起疑。小孩走到门口，望着现在已经是静悄悄的码头。安娜·戴巴莱斯特背对着门外港口，面朝着那个男人，默默站了很久。他就好像根本没有看见她站在面前一样。

“我是不能不来，”最后她说。

“我来，和您的理由一样。”

“人家在城里常常看到她，”老板娘说，“带着她那个小孩。在这样的好季节，天天都可以看到她。”

“钢琴课？”

“星期五，一个星期一次。昨天是星期五。所以她出来上课。就是这么一回事。”

那男人在衣袋里玩弄着一枚硬币。他凝视着前面的码头。老板娘也没有再说什么。

走过防波堤，就可以看到滨海大道，这条大道笔直地一直延伸到市区尽头。

“抬起头来，看看我，”安娜·戴巴莱斯特说。

小孩很听话，他对她的脾气早已习惯了。

“有时我觉得我是把你虚构出来的，不是真的，你看。”

小孩扬起头，对着她打呵欠。他的小嘴一张开，夕阳最后的光芒一直照到他的嘴里。安娜·戴巴莱斯特每一次端详她的孩子，每一次都和第一次看见他一样，总是感到惊奇。这天晚上，她也许发现这种惊奇是更要新奇了。

三

小孩推开铁栅栏门，他的小书包在背后摇来摇去。他收住脚步，站在花园门口。他注意看着身边那一块草坪。他踮起脚尖，一步一步慢慢往前走，当心不要因为这样往前走惊动了小鸟。一只小鸟偏偏飞掉了。这小孩眼睛盯着那只小鸟，眼看它飞到隔壁花园，落在树上。他走到山毛榉树后一扇窗口下面，他抬起头来。就在这扇窗口上，就在这一刻，天天都有人对着他笑。有人对着他笑。

安娜·戴巴莱斯特叫他："快来，散步去。"

"到海边吗？"

"海边，什么地方都去。快，快。"

他们沿着大道朝防波堤方向走去。小孩很快就明白是怎么一回事了，他一点也不感到意外。

"太远啦，"他抱怨着——后来也就同意了，还哼着唱着。

他们走过第一停泊港，这时天气还早。在他们面前，在市区的南端，天空布满着黑色的斑纹，那是冶炼厂喷放到空中的赭色烟云。

这时街上人迹稀少，咖啡馆也没有什么顾客。那个男人，独自一人在酒吧的一头。老板娘一见她走进门，就站起身来，迎着安娜·戴巴莱斯特走上来。那个男人在那里不动。

“用点什么？”

“我想要一杯酒。”

酒一倒好，她就喝起来。她手抖得比三天前还要厉害。

“我又来了，您大概觉得奇怪吧？”

“在我这一行嘛……”老板娘说。

她偷偷觑那个男人一眼——他也面色苍白，她随后也就恢复常态，又改变了主意，转过身去，大大方方把收音机打开。小孩离开妈妈，管自己到人行道上去玩。

“我跟您说过，我那小鬼在跟吉罗小姐学琴。您一定认识她。”

“认识。我见您一个星期来一次，每逢星期五都来，已经有一年多了，对不对？”

“对对，星期五。我想还要一杯。”

小孩已经找到一个小伙伴。他们正一动不动地站在码头前面伸出去的部分，在看一条大驳船往下卸黄沙。安娜·戴巴莱斯特第二杯酒已经喝了一半。她手抖得好了一些。

“这孩子一直是独自一个人，”她望着码头那个伸出去的地方，这样说。

老板娘又拿起她那件红毛线衣织起来。她觉得不需要她答话。又一条满载的拖船驶入海港。小孩不知在叫喊什么。那个男人走到安娜·戴巴莱斯特这边来。

他说："到那边去坐坐吧。"

她什么也不说，跟着他走了。老板娘一面织毛衣，一面盯着拖船。这情景显然叫她不大高兴。

"就这儿吧。"

他指着一张台子。她坐下来，他坐在她的对面。

"谢谢，"她嗫嚅地说。

室内布满初夏的凉爽的阴影。

"我又来了，您看。"

一个小孩在外面很近的地方吹了一声口哨。她吓了一跳。

"请您再喝一杯酒，"男人说，眼睛看着门口。

他要了酒。老板娘一声不响，给他们倒酒，无疑对他们这种态度很不耐烦。安娜·戴巴莱斯特靠在椅背上，刚刚受了一惊，这时才定下心来。

"到现在已经三天了，"男人说。

她挣扎着直起身来，又拿起酒杯喝酒。

"酒很好，"她说，声音很低。

两手不再发抖了。她直直地坐着，上身略略侧向他，他在看她。

"我想问问您，今天您没有去上班？"

"没有，眼下我需要时间派别的用场。"

她微微一笑，虚假的胆怯的微笑。

“需要时间无所事事？”

“无所事事，对。”

老板娘坐到收银台后面她那个老地方去。安娜·戴巴莱斯特说话声音很低。

“到咖啡馆来，对一个女人来说，难的是找一个托词，不过，我想，我反正总可以找得到，比如说：渴了，要喝一杯酒……”

“我想办法更多地去了解一些情况。但是我仍然没有弄清楚。”

安娜·戴巴莱斯特又一次费尽心力去追忆回想。

“那一声叫喊，声音很高，拖得很长，叫到最响的时候，突然中断，”她说。

“那是在她快要死的时候，”男人说，“那一声叫喊，大概是当她看不见他的时候，才停止的。”

一个顾客走进门来，根本不去注意他们，站在那里，胳膊支在柜台上，管自己喝酒。

“我记得，有一次，是的，生这孩子的时候，我也叫喊过，也有点像这样。”

“他们偶然在一家咖啡馆里相遇，甚至也许就是这家咖啡馆，他们两人经常到这里来。他们开始谈话，不过是随便谈谈。但是我也不清楚。您很痛苦吗，那个孩子让您很痛苦吗？”

“要知道，我疼得直叫。”

她笑了，追忆着，身体向后一仰，害怕的情绪一扫而尽。他靠近桌子，冷冷地对她说：

“讲给我听听。”

她认真想了一想，想想讲什么好。

“我住在滨海大道最后一幢房子，离市区最远的一幢。就在海滩前面。”

“木兰花树，在铁栅栏墙左角上，现在正在开花。”

“是的，每年在这个时节，花开得太盛，在夜里让人做梦，第二天还要使人病倒。非把窗户关紧不行，不然真是叫人受不了。”

“就在这座房子里，您已经结婚十年？”

“就在这里。我的房间在二楼，左边一间，可以看到大海。上次您告诉我：因为她要他那样做，所以他才把她杀死，一句话，是为了满足她，是不是？”

她问的这个问题，他不回答，只是看着她两肩的曲线，拖延时间。

“每年到这个时候，您都要把门窗紧紧关起，”他说，“房间里闷热，您不能入睡。”

安娜·戴巴莱斯特神色变得很严肃，那句话显然也不需她那么认真。

“要知道，木兰花的香气太强烈。”

“我知道。”

他眼光从她右肩上挪开，不再去看她。

“二楼是不是有一条长长的过道，通到您的房间，也通到别的房间，过道让您既和房屋整体连成一气，同时又和整个房屋隔开来？”

“是有这么一个过道，”安娜·戴巴莱斯特说，“就像您说的那样。告诉我，我求您告诉我：她所期望于他的，她究竟是怎么发现的？她又怎么知道这恰恰正是她所期求于他的？”

她的眼睛注视他的眼睛，痴痴呆呆地盯着他。

他说：“我想是有一天，天刚刚亮，期求于他的究竟是什么，她突然知道了。她恍然大悟，对她来说，一切的一切她都明白了，所以，她就把她的欲念给他说了。对这一类发现，我相信是不需要解释的，也不需要任何说明。”

小孩在门外悄悄在玩。第二条拖船已经开到码头。拖船马达停下来，老板娘趁这个机会在柜台下面故意把什么东西搬来搬去，让他们不要忘记时间在不停地过去。

“您说的那个过道，到您的房间去非通过它不可？”

“要经过它。”

小孩跑进来，跑得很快，把头一仰，靠在妈妈肩上。随他怎么，她都不在意。

“噢，真好玩呀，”他说。又跑掉了。

“我忘记告诉您，我是多么希望他长大才好，”安娜·戴巴莱斯特说。

他给她斟酒，把一杯酒递给她，她接过酒杯立即就喝起来。

他说：“要知道，我甚至想，不经她要求，有一天，他也会那样做。她希望于他的，并不仅仅她一个人想到。”

她说来说去，有条不紊，最后还是归结到她想问的那个问题上来。

“我希望您告诉我事情是怎么开的头，他们怎样开始谈话。您说那是在一家咖啡馆……”

两个小孩一直在码头伸出部分那个地方跑圈圈玩。

他说：“我们的时间不很多。再过一刻钟，工厂就要下工了。对，我想，他们是在咖啡馆开始谈话的，或者在别的什么地方。他们也许谈政治局势，谈战争的危险，或者谈和人们可能想象完全不同的别的什么事情，无所不谈，也没有谈什么。回滨海大道之前，是不是再喝一杯。”

老板娘拿过酒来，给他们斟酒，一句话也不说，看样子她也许有点生气，可是他们并不在意。

安娜·戴巴莱斯特安详自在地说：“那条长过道的尽头，有一扇大玻璃窗，面临着马路。风总是猛烈地吹着这个地方。去年一阵狂风暴雨，把窗玻璃全部震碎。是在夜里。”

她仰身靠在椅背上，笑着。

“城里还会发生这样的事……啊，怎么想得到！……”

“实际上这个城是很小的。充其量只能开设三个工厂。”

咖啡馆厅堂后面部分的墙上，夕阳照得明亮耀眼。在墙的正中，他们两人在一起的影子映得格外分明。

安娜·戴巴莱斯特说：“那么，他们谈话谈了很久，谈了很长时间，才达到那一步的。”

“我想他们在一起相处时间很久，才达到他们当时那个地步，是这样。您讲给我听听。”

“再多我就不知道了。”她这样说。

他以鼓励的态度对她笑着。

“那又是怎么一回事？”

她专心一意、有点为难地慢慢继续谈下去。

“刚才咱们讲的那座房子，我觉得建筑结构有点牵强，不合理，您明白我说的这个意思吧，不过，不管怎么说，毕竟还是根据舒适原则布置起来的，总要让所有的人都感到满意才行。”

“在底楼，是几间客厅，每一年在五月末，都要在这里举行招待会，把冶炼厂的职工请来。”

汽笛像一声惊雷突然响了起来。老板娘连忙站起，把正在织的红毛线衣放在一边，赶紧用冷水哗哗地冲洗酒杯。

“您那时穿了一件袒胸露背的黑色连衫长裙。您客客气气，冷冷淡淡，看着我们。天气很热。”

她并不感到意外，只是故作不知。

“这春天季节好得出奇，”安娜·戴巴莱斯特说，“所有的人都这么说。您真的认为是她，是她先讲出来，大胆地讲出来，后来竟成了他们之间的一个问题，就好比别的什么成问题的事一样？”

“我知道的并不比您多。也许他们两人之间，问题就出现过这么一次，也许自始至终就出过这么一个问题？我们怎么能知道？可是在三天前，毫无疑问，他们恰好走到这个地步，究竟是怎么搞的，到底是怎么一回事，他们自己也不知道。”

他扬起手来，又放下去，放在桌上，放在她的手边，他的手就留在那里不动了。她注意到这一双手相并放在一起，这还是第一次注意到。

“看我酒又喝多了，”她抱怨着。

“您说的那个过道，常常夜里很迟，灯还亮着。”

“那是因为我睡不着。”

“为什么过道亮着灯，而不仅仅是您的房间亮着灯？”

“我有这么一个习惯嘛。我也不知道为什么。”

“夜里，什么事情也没有，什么也没有嘛。”

“怎么没有。我的孩子就睡在旁边一间。”

她的手臂从桌上收回来，缩起肩膀，像是怕冷的样子，她理理她的上衣。

“现在也许我该回去了。您看天已经不早了。”

他举起他的手，对她做了一个手势，要她不要走。她坐在那里不动。

“天亮以后，您就走到大玻璃窗前向外面张望。”

“夏天，兵工厂的工人在早上六点钟就开始从那里走过。在冬天，大多数工人乘车，因为天寒风冷。像这样，他们经过那里的时间不过是一刻钟的样子。”

“夜里，从来没有人从那里走过？”

“有时也有，一辆自行车，奇怪的是不知他是从哪里来的。那个男人是不是因为把她杀死心里痛苦才发了疯？还是因为痛苦之外再加上别的原因，一般人不可能知道的原因？”

“肯定痛苦之外还有别的原因，不过直到今天，我们还不能知道究竟是什么别的原因。”

她站起来，慢慢地站起来，站起来以后，她又一次理一理她的上衣。他没有伸手去帮她一下。他依旧坐在那里，她就在他面前站着，一句话也没有说。来得最早的一些人已经进了咖啡馆，他们进门一看，觉得很奇怪，就拿眼睛看着老板娘，像是在问她。老板娘微微耸一耸肩膀，表示她也搞不清这是怎么一回事。

“也许您不再来了吧。”

这时，他也站起来了，站在她面前。安娜·戴巴莱斯特看他很年轻，夕阳的光辉在他像孩子似的明澈的眼上闪着光。她透过他的视线细细审视他那一对蓝色的眸子。

“我没有想到我能不来。”

他最后一次挽留她。

“您常常看着到兵工厂上班的这些人，特别是在夏天，而在夜里，当您睡不着的时候，您还会想起他们。”

安娜·戴巴莱斯特说：“我醒得早，我就去看他们打那里走过。是的，在夜里，我有时也想起他们当中几个人。”

在他们分开的时候，从码头那边有很多人拥来。这些人大概是从海岸冶炼厂来的，海岸冶炼厂离市区比兵工厂更远一些。同三天前相比，天气显得更加晴朗。天空是一片蔚蓝，海鸥在空中飞来飞去。

“我玩得可好啦，”小孩告诉妈妈说。

她让他讲他做些什么游戏玩，就这样，他们走过第一道防波堤。过了第一道防波堤，滨海大道就笔直伸向前去，直到海滩，到达终点。可是小孩很不耐烦了。

“你怎么啦？”

暮色降临，微风开始吹过市区。她感到很冷。

“我不知道。我冷。”

小孩拉着妈妈的手，把她的手打开，把自己的小手放在她的手里，他那样子是很决断、很不容情的。她的手握住他的小手。安娜·戴巴莱斯特几乎要叫出声来。

“啊啊，我的宝贝。”

“现在你总是到那个咖啡馆去。”

“才两次。”

“还去吗？”

“还想去。”

他们在路上遇到一些匆匆回家去的人。他们手里都拎着折椅。寒风迎面猛烈地吹着。

“你要给我买个什么呀？”

“一条红色的汽船，喜欢吗？”

小孩不说话，暗暗在斟酌，高兴地叹着气。

“好的，一条很大的红色的汽船。你看好吗？”

她搂着他，他要挣脱开，往前跑，她紧紧拉着他。

“你长大了，你呀，你呀，看你长得多大了，多好啊。”

四

第二天，安娜·戴巴莱斯特又带孩子到港口去。仍然是一个好天气，只是比昨天稍稍凉爽一些。天空到处都可以看到一块块一片片的蓝天。这么好的天气来得未免早了一些，因此城里人们都在谈着这件事。有人以为时令反常，担心过了明天，天气又要发生变化。另一些人，倒是心安理得，以为凉风在城市上空一吹，使得天空保持稳定不变，乌云不致过早地积聚起来。

在这样的季节，迎着这样的海风，安娜·戴巴莱斯特走过第一道防波堤，穿过运黄沙的拖船的停泊港，来到港口，进入市区，朝着市内广阔的工业区走来。她又来到咖啡馆，走到柜台前，那个男人这时已经在咖啡馆的厅堂里等她。最初几次相会的那种仪式自是不能避免的，照例要不由自主地客套一番。她在惊慌不定的心情下要了酒。老板娘在柜台后面正在织她的红毛线衣，注意到她进门后，他们两人还要等一段时间才走到一起去，他们作出彼此好像互不相识的样子，今天比昨天拖的时间更长。甚至那个小孩跑去找他的小朋友以后，他们两个还在那里彼此互不理睬。

“我想要一杯酒，”安娜·戴巴莱斯特说。

老板娘不大高兴地给她斟上酒。这时，男人站起来，走到她身边，把她带到后厅暗处。她的手已经不抖了，她那一贯苍白的面色已经恢复正常。

她解释说："从家里出来走这么远的路真不习惯。不过，这并不是害怕。宁可说是惊奇，好像是惊奇。"

"也可能是害怕。人家总归要知道的，在这个小城市，不论什么事，总归要被人家知道的，"男人笑着说。

小孩在外边得意地叫喊着，因为有两条拖船并排驶进停泊港。安娜·戴巴莱斯特笑着。

"让我陪您一起喝酒，"说到这里，她停下来——突然大声笑了起来，"可是我今天为什么总是想笑？"

他的脸靠近她，靠得相当近，他的手放在桌上，放在她的手上，她不笑了，和她一样，他也不笑了。

"昨天夜里月亮差不多圆了。看到您的花园，修整得很好，光洁平滑就像是一面镜子。已经是深夜。二楼过道灯光还亮着。"

"我不是给您说过，我有时睡不好。"

他把酒杯拿在手里转来转去，玩弄着，为的是让她不要感到拘束，让她觉得适意随便，他自信而且也知道她需要他，想要更好地看看他。她也正在看他。

"我想再喝一点酒，"她诉苦似的说，像是受到什么委屈一样。"我想不到您这么快就熟悉、就习惯了。看我也差不多习惯了，已经习惯了。"

他叫了酒。他们一起贪婪地喝着。这一次，并没有什么理由非要安娜·戴巴莱斯特喝酒不可，但是她已经开始喝上了瘾，她需要这种酒，她需要这样的陶醉。喝过酒以后，她停了一停，然后柔声细气、语意不清地带着歉意又开始问那个男人：

“我想请您现在就告诉我，他们究竟是怎么搞的，甚至不讲话，搞到这种地步。”

小孩在门口张望，看见她在那里，就放心地又走开了。

“我不知道。也许因为在他们之间长期无话可说这种关系已经建立，在夜里，反正是在以后，是什么时候，那是无关紧要的，反正对他们来说，沉默无言已经越来越变得无法克服，什么原因也没有，是什么缘故也不知道。”

昨天由于惶惑不安使她双目紧闭、无话可说，现在，同样的心情又重重压在她身上，压得她缩肩屈背，心绪乱如麻。

“有一天夜里，他们就在房间里转来转去，转个不停，就像是关在铁笼里的猛兽，他们自己也不知道发生了什么事情。他们开始猜疑，他们惊慌害怕。”

“任什么都不能使他们感到满足。”

“正在发生的事情，弄得他们心神慌乱，一时说也说不清。对他们来说，要弄清是怎么一回事，也许要过几个月才行。”

在讲下去之前，他停了一停。他拿起酒来一口喝尽。在他喝酒的时候，他一抬眼，夕阳偶然在他眼睛里一闪，把他眼睛照得轮廓分明。这一切她都看在眼里。

他说："在二楼一扇窗前有一棵山毛榉，这棵山毛榉是花园里最美的树。"

"那就是我的房间。那是一间很大的房间。"

他的嘴唇因为喝了酒，是湿湿的，在柔和的光线下，更显得清晰无比。

"据说是一间很静的房间，最好的一个房间。"

"在夏天，山毛榉把大海给遮住了。我要求哪一天谁来把它给我弄掉，把它砍掉。我大概没有怎么坚持。"

他想看看柜台上的钟是几点了。

"还有一刻钟工厂就下班，您很快就要回家去。我们的时间真是太少了。我觉得，那棵山毛榉在不在那里没有多大关系。要是我，我就让它长在那里，让它在那个房间墙上的阴影一年比一年浓厚深密，就是人家说的所谓您的房间，不过所谓您的房间，按我的理解，那是搞错了的。"

她上半身整个往椅背上一靠，又那么一扭，样子很有点庸俗，她转过脸去，不去看他。

"可是树的阴影有时黑得像墨水似的，"她轻轻辩解着。

"那有什么关系。"

他笑着，把一杯酒拿给她。

"那个女人已经变成了一个酒鬼。那天晚上，有人发现她在兵工厂那边的酒吧间喝得烂醉。人家把她一顿好骂。"

安娜·戴巴莱斯特装出非常吃惊的样子。

“我不相信，不至于那样。也许处在他们那样的境地，也是难免的吧？”

“和您一样，我也不清楚。您讲给我听听。”

“是的嘛，”她沉吟很久，“有时，在星期六，总有一两个醉鬼走在滨海大道上。他们又是拚命地唱，又是大声说话，说个不停。他们一直要跑到海滩，跑到最后一盏路灯那边，才转回头，总是不停地唱。一般他们总是很晚才从那个地方走过，那时候，所有的人都已经睡觉了。在城里，在这个地区，要知道，就是在这个荒僻的地区，他们胆子很大，到处乱跑。”

“您睡在您那个很静的大房间里，所以能听到他们。您这个房间，也是乱糟糟的，乱糟糟的，并非只有您一个人。您睡在您那个房间里，您就是睡在那里。”

安娜·戴巴莱斯特欲言又止；她的脾气有时就是这样：她感到厌倦，说话就变得有气无声。手又开始要发抖了。

“这条滨海大道一直通到海滩，”她说，“人们又在议论新的建筑计划了。”

“您睡在那个房间里，谁也不知道。再过十分钟，工厂就放工了。”

“这我知道，”安娜·戴巴莱斯特说，“……最近这几年，不论是几点钟下班，这我知道，我知道……”

“不管是睡着，还是醒着，不管是不是正规穿着衣服，还是不穿，人家才不在乎您存在不存在，就管自己走过去了。”

安娜·戴巴莱斯特在挣扎着，她觉得自己是有罪的，后来，这罪她也承当下来了。

“您真是不应该，”她说，“我知道，不论什么事，都可能发生……”

“对。”

她目不转睛地看着他的嘴，白昼的余辉正照在那张嘴上。

“在这市区最好的住宅区，那座花园总是紧紧地关着，又是临着大海，从远处看去，人家会看不清那是一座花园。去年六月间，您就站在门前石阶上，面对着花园，迎接我们，冶炼厂的职工。再过几天正好是一年。在您一半袒露在外的胸前，戴着一朵白木兰花。我的名字叫肖万。”

她又摆出她那惯常的姿态，脸对着他，臂肘支在桌上。她已经喝得颠三倒四，面目全非了。

“我知道，我知道。所以您离开了冶炼厂，连一个理由也不说，不需多久，您又不得不回来，因为，城里别的厂家都不肯雇您。”

“讲下去。我决不向您提出任何要求。”

安娜·戴巴莱斯特就像在学校里背诵一课并没有学过的课文那样，又继续讲下去。

“在我住进这座房子的时候，女贞树原来就已经有了。女贞树有很多。遇到暴风雨，女贞树叶子像钢片那样嚓嚓地响个不停。住在这座房子里，好像总是听到自己的心在跳。我已经习惯了。关于那个女人，您告诉我的，都是假的，您说在兵工厂附近酒吧间发现她喝得烂醉，也是假的。”

汽笛一连声地准时叫了起来，在整个市区，叫得震耳欲聋。老板娘校正她的时钟，放好她的红毛线衣。肖万平心静气地在谈话，好像什么也没有听到。

“曾经有过多少女人，在这同一幢房子里生活过，她们在夜间只听到女贞树嚓嚓作响，可是没有听到自己的心跳。女贞树至今依然都在。这些女人，却在她们的房间里，一一都死去了。她们房间前面的山毛榉，和您想的正好相反，是再也不会长大了。”

“这和您告诉我那个女人天天晚上都喝得烂醉一样，也是假的。”

“这也是假的。不过这座房子是很大的。面积有几百平方米。设想它有多古老，就有多么古老。甚至住在里面也觉得阴森怕人。”

震惊激动使得她筋疲力尽。她眼睛紧紧地闭起。老板娘站起来，走动着，在擦洗酒杯。

“快说，快说。随便编一点什么说说也可以。”

她费尽心力说下去。咖啡馆空荡荡的，她说话的声音显得很响。

“应该住在一个没有树木的城市里应该这样一有风吹来树就叫个不停这里总是刮风永远刮风一年只有两天是例外您看从您的地位上看我要离开这里不要留下去所有的飞鸟或者几乎所有的海鸟在风

暴过后就全死了风暴过去以后树木也不再发出叫声在海边还能听到它们在叫就像是被扼死的人的叫声一样叫得小孩也睡不着觉叫得我也不能睡我要走我要走。”①

说到这里，她停住了，两眼紧闭，她害怕。他注目看她，非常注意地看着她。

“也许，”他说，“我们是搞错了，也许他第一次看到她不久就想杀死她。请您告诉我。”

她说不出话来，她的手又在开始发抖，这并不是因为害怕，也不是因为有关她的生活的种种暗示使她惊慌，而是因为别的原因。这时，他转到从她的角度说话，声调也恢复了平静。

“在这个城市上空要风停止不吹，又让人不要感到好像是窒息，那是不会有的事，确实是这样。这一点我早就注意到了。”

安娜·戴巴莱斯特并没有听他说话。

她说：“她死了，就是死了也还在笑，心里充满着欢乐。”

孩子们在外面又叫又笑，那是在向黄昏致意，正像向黎明欢呼一样。在市区南部，有另一些呼声，是成年人的呼声，向着自由发出的呼声，那是紧接在冶炼厂低沉的隆隆机器声之后发出来的呼声。

安娜·戴巴莱斯特声气倦怠地继续说：“海风是永远要吹来的，我不知道您是不是已经注意到，风吹起来在不同的时间是不相

---

① 原文中没有标点。

同的，有时，它突然吹起来，特别是在日落的时候，有时相反，徐徐缓缓，那是在天很热的时候，在夜尽更深清晨四点钟，天快要亮的时刻。您明白吗，女贞树一发出响声，我就知道风吹来了。”

“关于这个花园您是无所不知的，这个花园和滨海大道其他花园几乎也完全一样。在夏天，当女贞树发出响声，您不要听到女贞树的响声，您把窗子紧紧关死，因为太热，您就脱去衣服，赤身露体。”

“我要酒，”安娜·戴巴莱斯特请求说，“我要酒，永远……”

他叫老板娘拿酒来。

“汽笛已经响过十分钟了，”老板娘倒酒，通知他们说。

到得最早的一个人来了，他站在柜台前边，喝的是同样的酒。

安娜·戴巴莱斯特继续低声地说：“在铁栅栏墙左角，靠北，有一棵美洲紫山毛榉，我不知道为什么……”

站在酒吧前面的那个人认识肖万，有点不自然地向他点头致意。肖万没有看见他。

“讲下去，”肖万说，“讲给我听，随便讲什么都行。”

小孩突然跑进来，头发蓬乱，喘着气。通到码头伸出部分的几条街上，传来了一些人走来的脚步声。

小孩叫：“妈妈。”

“再过两分钟她就走，”肖万说。

站在酒吧前那个人在小孩从他身边走过的时候，想摸摸他的头发，小孩野里野气地跑掉了。

安娜·戴巴莱斯特说："记得有一天，我怀了这个孩子。"

十几个工人拥进咖啡馆。有几个工人认识肖万。肖万仍没有看见他们。

安娜·戴巴莱斯特说："有时，在夜里，小孩睡着了，我下楼到花园去散步。我走到铁栅栏边上，我看着滨海大道。在晚上，这里是静极了，尤其是在冬天。在夏天，有时，有一对对情人走过，相互依偎，紧紧抱在一起。就是这样。人家选中这所住宅，就是因为它安静，是市区里最幽静的地方。我该走了。"

肖万在椅上往后退了一退，并不着忙。

"您走到铁栅栏跟前，后来又离开，然后您在您的房子四周兜了一圈，后来您又回到铁栅栏那边。小孩在楼上睡着。您并没有叫喊。您从来也不叫喊。"

她穿上上衣，没有答话。他帮她把上衣穿好。她站起来，又停下来，站在那里不动，就站在台子旁边，在他身旁，站在那里，一动不动，两眼对着柜台前面的那些人，可是并没有看他们。有几个人想和肖万打招呼，但都没有招呼上。肖万只顾望着门外码头。

安娜·戴巴莱斯特木然站在那里不动，后来她才一下醒悟过来。

她说："我还来。"

"明天。"

他陪她走到门口。有几群人推推拥拥来到了。小孩跟在他们后面。他跑到他母亲跟前，抓住她的手，拉着她往外走。她跟着他走了。

他和她谈着他新认识的一个朋友，她不说话，他并不觉有什么可奇怪的。前面就是荒僻无人的海滩——今天比昨天时间是更晚了——他站在那里，看着海浪前后涌动，今晚潮水相当汹涌。他走了。

“走吧。”

他走了以后，她也走了。

“天冷了，你还是慢慢走，”小孩像是要哭的样子，说着。

“我走不快了。”

她尽力走得快一些。黑夜，疲劳，还有孩子气，就这样，他蜷缩着，紧靠在她身上，靠在他妈妈身上。母子二人，就像这样，靠在一起，往前走着。因为她已经喝醉了，看远处什么也看不清，她也不想看到滨海大道的尽头，因为路程那么远，她怕鼓不起勇气继续走下去。

五

“你好好记住，”安娜·戴巴莱斯特说，“那意思是中板，像唱歌一样的中板。”

“像唱歌一样的中板，”小孩重复着。

随着楼梯逐级上升，可以看到市区南部许许多多起重机在半空中高高升起，都以同样的方式摆动着，不时在空中交错移动。

“我再也不要听人家骂你，不然我真是要死啦。”

“我也不要听呀。像唱歌一样的中板。”

一个淌着潮湿沙土的巨型抓斗从这一层楼最后一扇窗口一闪而过，巨型抓斗的齿就像饥饿的野兽的尖牙那样紧紧咬住它的捕获物。

“音乐，是必不可少的，你应当学音乐，你明白吗？”

“我明白。”

吉罗小姐住的一层楼相当高，在六楼，从她的窗口往海上眺望，可以看到很远的地方。在小孩视野所及的范围内，除了海鸥在空中飞翔以外，什么也看不到。

“嘿，您知道吧？是一桩罪案，是情杀案，是的嘛。戴巴莱斯特太太，您请坐。”

“是什么？”小孩问。

“快去弹小奏鸣曲，”吉罗小姐说。

小孩坐到钢琴前面。吉罗小姐坐在他近旁，手里拿着一枝铅笔。安娜·戴巴莱斯特坐在另一个地方，靠近窗口。

“小奏鸣曲。迪亚贝利小奏鸣曲，很美的，弹吧。这个曲子是几拍？说说看。”

小孩一听到这种说话的声调，立刻就萎缩下来。但是他不慌不忙，好像是在思索着，也许他在骗人。

“像唱歌一样的中板，”他说。

吉罗小姐两个眼睛看着他，两臂交叉在胸前，大口大口叹气。

“他这是故意的。没有别的解释。”

小孩僵在那里不动。他的两个小手合拢来，放在膝头，等着接受处罚。对这种不可避免的事，对他自己的问题，对于他这种翻来覆去不停地弹琴，他只好逆来顺受。

“白昼长了，”安娜·戴巴莱斯特盯着对方的眼睛轻轻地这么说。

“是这样，”吉罗小姐说。

在同一时刻，和上一次相比，太阳就显得高得多。这就是证明。而且在白天，天气又很好，天上只有一层薄薄的轻雾，天气确实不坏，不过节令来得早了一些。

“我在等你回答嘛。”

“他也许没有听见。”

“他听得清清楚楚。戴巴莱斯特太太，这种事您不明白，他是故意的。”

小孩把头往窗口那边稍稍转过去一下。就像这样，他眼睛斜过去，看见阳光从海面反射到墙上的波纹。只有他的母亲能看出他眼睛这样斜过去看了一下。

“不知羞的小鬼呀，我的宝贝儿，”她低声说。

“四拍，”小孩仍然不动，毫不费力地说。

今天，在这傍晚时分，他的眼睛的颜色就像天空的那种色调一样，他的金色的头发也熠熠放光。

他的母亲说：“总有一天他会弄懂的，他会毫不犹豫地回答出来，一定是这样。即使是他不愿意，他也会明白的。”

她欢喜地无声地笑着。

吉罗小姐说：“戴巴莱斯特太太，您真该感到难为情。”

“就是说嘛。”

吉罗小姐两个手臂放下来，拿铅笔敲着琴键，这是她教钢琴三十年的老规矩；她高声叫道：

“弹你的音阶练习。弹十分钟。把它学会。先弹 C 大调。”

小孩对着钢琴坐好。双手举起，落下去，既顺从又十分自得地按在琴键上。

一段 C 大调琴声掩过了海潮的声响。

“再弹，再弹。惟一的办法就是不停地弹下去。”

小孩从刚才第一次开头的地方继续往下弹，他必须从键盘那个规定好的准确而神秘的位置上开始。在这位钢琴教师的怒气之下，C 大调音阶练习曲弹了两遍，又弹第三遍。

“我说过，弹十分钟。继续弹。”

小孩转过身来对着吉罗小姐，眼睛望着她，双手萎靡无力地搁在键盘上。

“为什么？”他问。

吉罗小姐气得脸色难看极了。小孩已经转过身去，脸对着钢琴。小孩把双手放归原位，手摆成那个样子完全符合初学钢琴应有的正确姿势。他僵僵地坐在那里，但是不弹琴。

“怎么啦，简直太不像话了。”

“这些小孩简直都不想活下去啦，”他母亲说——可是还在笑着，“您看，还要教他们学琴，有什么办法好想。”

吉罗小姐耸耸肩，也不正面回答这个女人说的话，现在她对任何人也不想说什么；后来她的情绪平息下来，自怨自艾地说：

“真有意思，这种小孩弄到最后总归把你也弄得凶恶无比。”

“音阶练习他总归可以学会，”安娜·戴巴莱斯特好言劝说着，“他会像学好节拍一样，把音阶也弹好，那是一定的；要学会，也够他吃力的了。”

“太太，您这种教育真叫骇人听闻，”吉罗小姐叫道。

她一只手抓着小孩的头，把它朝她这边扭过来，强使他看着她。小孩低下眼睛去，不看。

“因为我已经给他规定好。偏偏不听，就是违抗。G 大调弹三遍。在这之前，C 大调再弹一遍。”

小孩又弹了一遍 C 大调。弹得好像更加心不在焉。接着，又停下来，等在那里。

“G 大调，不是说过了嘛，现在弹 G 大调。”

手索性从键盘上收回。下定决心，低着头，不弹。两只小脚悬空，离开钢琴踏板远远地荡在那里，气愤地搓着。

“你听见没有？”

“你听见啦，”妈妈说，“肯定是听见的。”

孩子听到这温柔亲切的声音，就不再抗拒了。他还是不作声，只是把手抬起来，按照规矩放到键盘规定的地方。在母亲的爱抚下，G 大调音阶练习弹了一遍，接下去又弹第二遍。兵工厂那边汽笛声响了，下工的时间到了。光线也暗了一些。音阶练习弹得很好，无懈可击，女教师也不能不承认。

“不仅是锻炼性格，而且还练习了指法，”她说。

“确实，”母亲凄然地说。

但是 G 大调第三遍练习还没有弹，这小孩手又停下来不动了。

“我说过要弹三遍。三遍。”

这一回，小孩索性把手从琴键上抽回，放在膝上，说：

“不弹。”

太阳越来越倾斜，海面突然从倾斜面上泛起一片耀眼的光辉。吉罗小姐突然变得异常平静。

“我没有别的好说，我只能说我可怜您。”

这小孩偷眼看了看那个叫人可怜的女人，可是她还在笑着。他仍然保持那个姿势一动不动，他当然是背对着窗外的大海的。已经是黄昏了，微风乍起，吹到室内，逆着那个固执的小孩头顶上一丛丛头发吹拂过来。他的两个小脚在钢琴下面一点一点地无声地舞动着。

母亲笑着说：“音阶练习再弹一遍，就弹这一遍，好不好？”

小孩只是对着她一个人把脸转过来。

“我不喜欢音阶练习。”

吉罗小姐看着他们这两个人，看过这个又看那个，他们说些什么她也不要听，又是气恼，又是灰心。

“我等着呐，我。”

小孩转过身去对着钢琴，侧起身子，离这个女教师越远越好。

他的妈妈说：“好宝贝，再弹一遍好啦。”

在妈妈的呼唤声中，他的眼睫毛在抖动。他犹豫着。

“不弹音阶练习。”

“就是要弹音阶练习，你知道嘛。”

他还在游移，母亲和教师都束手无策。这时，他倒是下了决心。他弹起来了。这一刻，吉罗小姐一下变成了孤立无援一个人，他也不去管她。

“戴巴莱斯特太太，您看，我不知道我还能不能再教下去。”

G 大调练习曲弹得很准确，也许比上次弹得嫌快了一些，不过也不妨事。

“他的问题是他不愿意，我承认，”小孩的妈妈说。

音阶练习弹完。完全出于某种一时感到无聊那种心情，这小孩轻轻从琴凳上站起来，想要做什么不该做的事，想要看看下面码头上发生了什么事没有。

“我要解释给他听，告诉他应当学琴，”母亲装出很懊恼的样子说。

吉罗小姐很不高兴，声色俱厉地说：

“犯不上跟他解释，钢琴也不是要不要学的问题，戴巴莱斯特太太，人们说这是一个教养的问题。”

她拍打着钢琴。小孩想要看看楼下的企图只好作罢。

“现在弹你的小奏鸣曲，”她厌烦地说，“四拍。”

小孩像弹音阶练习那样弹了起来。他弹得很不错。虽说是不愿意，手下弹出来的毕竟是音乐，这是无可否认的。

吉罗小姐的声音压过乐曲的响声，继续说：“您有什么办法，有些小孩非严格对待不成，不然的话，解决不了问题。”

“我试试看，”安娜·戴巴莱斯特说。

她细心地听着这首小奏鸣曲。她的孩子把她从遥远的已经逝去的岁月又带了回来。一听到她孩子弹琴，她总是几乎要昏过去——也许她自以为要昏厥过去。

“您看，竟有这样的事，他以为他可以不喜欢学琴。不过，戴巴莱斯特太太，我也知道，我和您说不说反正都是一样。”

“我试试看。”

小奏鸣曲仍然在耳边回响，就好像这个小野人舞弄着一支羽毛似的，也许是有意，或者也许是无意；小奏鸣曲反复冲击着他的妈妈，作为对她的爱的惩罚，又一次给她定了罪。地狱之门都紧紧地关死了。

“重弹一遍，拍子要准，速度这一次再放慢一点。”

小孩的手指放慢，准确得有板有眼，奏得轻柔融洽。音乐的味道出来了，乐曲从他手指上不经意地一涌而出，流畅自然，音乐又一次在空间悄悄地铺展开来，吞没了不相识的人的心，令人心动神移。在大楼下面，在码头上，人们都在听着。

老板娘说：“上面已经弹了一个月了。很好听，很美。”

来得最早的一批顾客，正在朝着咖啡馆这边走来。

“是的，正好是一个月，”老板娘说，“我已经都背下来了。”

肖万站在柜台一头，现在他是咖啡馆里仅有的一位顾客。他看看钟，舒服地伸一伸懒腰，按着小孩弹的调子吟着那个小奏鸣曲。老板娘直直望着他，一边从柜台下面把酒杯拿出来。

“您还很年轻嘛，”她说。

她计算第一批顾客进咖啡馆前他还有多少时间。她好意地告诉他说顾客很快就要到了。

“您知道的，天气好的时候，我看她好像经常是在第二停泊港那边兜圈子，她并不是每一次都要走过这里。”

“对，”那个男人笑着说。

第一批顾客进门了。

“一，二，三，四，”吉罗小姐打着拍子，“很好。”

小孩手上弹着小奏鸣曲，可是心不在焉，弹了一遍又一遍，起初弹得无动于衷，而且粗心笨拙，就这样，一直弹到把乐曲的力量表现出来。随着乐曲结构逐渐形成，白昼显然也渐渐暗下来了。一片火烧云像一座巨大的半岛突然矗立在水平线上；它那脆弱的、易逝的光芒使得人们思绪不定，向着另一类思路转移过去。十分钟以后，白昼的色彩完全隐去不见了。这个小孩第三天的课程也结束了。海的响声，从码头上浮起的人声，交织在一起，一直蔓延到楼上的房间。

吉罗小姐说：“背熟，下一课必须背熟，你听好。”

“背熟，好。”

“我保证，”小孩的妈妈说。

“他不听我的话，这是太明显了，这种情况必须改变。”

“这我也保证做到。”

吉罗小姐在考虑着什么，别人说话她并没有听进去。

“戴巴莱斯特太太，”她说，“钢琴课您让别人陪他来吧，不妨试试看，上课效果可能不一样。”

“不，不，”小孩叫道。

“那我相信我一定非常难过，”安娜·戴巴莱斯特说。

“我担心免不了要走到这一步，”吉罗小姐说。

房门关上了。他们走到楼梯上。小孩停下来说：

“你看见了吧，她有多坏。”

“你是故意的吧？”

小孩望着窗外，半空中静止不动的起重机比比皆是。在远处，近郊区一带，已是万家灯火。

“我不知道，”小孩说。

“可是我多么爱你呀。”

小孩起步往楼下慢慢地走下去。

“我不想学钢琴。”

“音阶练习，”安娜·戴巴莱斯特说，“我根本不懂，不来学怎么办？”

六

安娜·戴巴莱斯特站在咖啡馆门前，没有进门。肖万朝她走来。他走到她身边，她转身往滨海大道方向走去。

“已经有那么多人，”她轻轻抱怨说，“钢琴课下来迟了。”

“今天上的这一课我都听到了，”肖万说。

小孩把手挣脱开，在人行道上跑开去，今天晚上，星期五晚上，他像往常一样很想跑来跑去跑一跑。肖万抬头看看天空，天空还有一点微弱的光亮，天空是暗蓝色的；他靠近她，她并不退避。

“夏天就要到了，”他说，“走吧。”

“可是在这个地区，不大觉得。”

“有的时候，可以感觉到。您知道的。比如今天晚上。”

小孩在缆索上面跳来跳去。嘴里哼着迪亚贝利小奏鸣曲。安娜·戴巴莱斯特跟着肖万走着。咖啡馆里，人已经坐满了。那些人只要酒倒好，立刻一口喝掉，这是规矩，然后匆匆忙忙往家走。后到的人，从更远的工场来的人，就接上去，喝过酒，就走路。

安娜·戴巴莱斯特刚刚走进咖啡馆，就站在门口那里，不高兴、发脾气。肖万转过头来对她微笑，给她鼓气。他们走到长柜台不大有人注意的那一头，她就像男人一样，拿起酒杯，很快地喝下去。酒杯在她手上哆哆嗦嗦还在摇晃。

“已经七天了，”肖万说。

“七夜，”她说，像是偶然顺口说出的，“这酒真不错。”

“七夜，”肖万重复说。

他们离开柜台，他把她拉到厅堂后面，让她在他想要坐的位子上坐下来。在酒吧柜台上的人，从远处看着这个女人，感到奇怪。厅堂里静静的。

“这么说，您都听到了？ 她叫他弹的音阶练习全部都听到了？”

“那时候时间还早。这里一个顾客也没有。朝码头那边窗口都打开着。我都听到了，音阶练习也听到了。”

她对他笑笑，很感激他，又拿起杯来，喝酒。拿着酒杯，手在酒杯上还稍稍有点抖动。

“我脑子里想到他应该学音乐，要知道，那是两年前的事。”

“我明白。那架大钢琴是放在客厅一进门的左边？”

“是，”安娜·戴巴莱斯特紧紧捏起拳头，强要自己保持平静，“不过，他是那么小，太小了，要是您知道的话，只要我这样一想，我就怀疑自己是不是错了。”

肖万笑着。厅堂里只有他们两个人坐在台子那边。站在柜台旁边喝酒的顾客也没有几个人了。

“您知道吗，他的音阶练习弹得很不错？”

安娜·戴巴莱斯特也笑了，这一次是放声大笑。

“他弹得很好，真是那样。就是那位女教师也不能不承认，您看……我有一些想法。啊……我真觉得可笑……”

她还在笑着，可是她的笑声渐渐低下去；肖万是用另一种方式在和她说话。

“您曾经把臂肘支在那架大钢琴上。在您的连衫长裙袒露的胸前，扣着这样一朵木兰花。”

安娜·戴巴莱斯特很注意听他讲这一段往事。

“是的。”

“当您俯下身去，那朵花触到您胸脯外面的轮廓，您不经意地把花扣在那里，嫌扣得高了一点。花很大，您是偶然选中它的，您戴起来也嫌大了一些。花瓣还很挺，前一天夜里刚刚开花的。”

“我看外面了？”

“再喝点酒吧。小孩在花园里玩。是的，您在往外面看。”

因为他要她喝酒，安娜·戴巴莱斯特就喝酒，竭力在回忆那已经过去的事，深深感到惊奇。

“我记不得我采了那朵花。也记不起戴花的事。”

“我当时没有怎么看您，不过那朵花我是看到的。”

她注意用手使劲拿着那个酒杯，她的手的动作和她的音调因此也变得从容缓慢了。

“这酒现在我很喜欢，那时我并不知道。”

“那么现在您讲给我听听。”

“啊，别让我说了吧，”安娜·戴巴莱斯特祈求着。

“我们肯定没有多少时间了，我是无能为力的。”

暮色越来越浓重，只有咖啡馆天花板上还有一点光芒照射在上面。强烈的灯光照着柜台，厅堂沉没在阴影之中。小孩突然跑进来，他并不觉得时间已经很晚，他跑来报告说：

“另外一个小孩来了。”

在他跑去的一瞬间，肖万的双手伸到安娜·戴巴莱斯特的手边。两双手平伸在桌上。

“我给您说过，我常常睡不好。我就到孩子的房间去，我去看看他，一看就看很长时间。”

“常常？”

“常常是这样，在夏天，那时大道上还有人在那里散步。特别是在星期六夜晚，这些人无疑是因为在这城里不知做什么好才出来散步的。”

“毫无疑问，”肖万说，“特别是男人。您在过道上，或者是在花园里，或者是在您的房间里，您经常看他们。”

安娜·戴巴莱斯特俯下身来，最后对他说：

“实际上，我想我是常常看他们，或者是在过道上，或者是从我的房间里，有些夜晚，我也不知我该怎么办才好。”

肖万低声讲出一句话。安娜·戴巴莱斯特在这一次强行进攻之下，目光渐渐变得迷迷蒙蒙，简直要昏昏睡去。

“说下去呀。”

"不仅这些人走过这里，而且在白天，时间也是固定的。我不能再说了。"

"没有多少时间了，继续说下去吧。"

"吃饭，总是这样，吃饭的时间又到了。接下去，又是夜晚。有一天，我想出来一个主意，叫孩子去上钢琴课。"

他们的酒喝光了。肖万又去叫酒。在柜台上喝酒的人越来越少。安娜·戴巴莱斯特就像一个口渴的人那样，在不停地喝酒。

"已经七点了，"老板娘通知说。

他们没有听见。天已经黑下来了。有四个人走进咖啡馆，在后厅坐下来，他们是准备到这里来消磨时间的。收音机播送第二天的气象预报。

"我给您说过，我本想到市区另一头去上钢琴课，那是为了我的小宝贝，可是现在，我不来这里上课也办不到了。是多么困难啊。您看，已经七点钟了。"

"您比平时回家的时间反正是晚了，也许太晚了，这是不可避免的。您就这么看好了。"

"时间既然确定，那就不能避免，有什么办法？我可以对您说，加上我还要走一段路，晚饭的时间总归已经晚了。我忘了，今天晚上在家里请客，已经讲好，我一定要到的。"

"您知道您只有迟到了，没别的办法，知道吗？"

"没有别的办法。我知道。"

他在等着。她平静地转换口气，又和他谈起别的事。

“我可以告诉您，我对我的孩子讲过，所有曾经住在这棵山毛榉后面，在这个房间里生活过的女人，现在都已经死了，她们都已经死去。我那宝贝，他还要求我说要看看她们。看，我能讲给您听的，我都讲给您听了。”

“您一定马上就懊悔您给他讲这些女人的事。您还给他讲过，今年暑假没有几天就要到了，您说假期不留在这里，要到别处海滨去度假，是不是？”

“我当时答应他过半个月后到沿海一个气候很热的地方去度假。那些女人都已经死了，他觉得他是无法得到安慰了。”

安娜·戴巴莱斯特又拿起杯来喝酒，她觉得酒很冲。因为喝了酒，两眼迷迷蒙蒙，同时又笑容满面。

“时间在过去，”肖万说，“您越来越迟了。”

“当一次迟到已经变得这么严重，”安娜·戴巴莱斯特说，“以至于不论是不是会变得更加严重，在后果上，对我都不会有什么影响。”

柜台前只有一位顾客。坐在大厅里的四个人，还在断断续续地谈话。又来了一男一女。老板娘招呼好这两位顾客，又拿起她的红毛线衣织起来，这是刚才有大批人来到以后放下来的。她把收音机的音量调小。今晚海上风浪很大，透过收音机放出的歌声，浪头拍击码头的声音历历可闻。

“在他知道她非常希望他那么做的那一刻，我想请您告诉我，比如说，他为什么不是迟一些……或者说，为什么不更早一些……”

“您了解我，我知道的并不多。不过我认为他并没有选择的余地，他没有办法，他不能从困境中解脱出来，他不能既要她活同时又要她死。大概一直到最后，他才做到这一步：宁可要她死。我什么都不知道呵。”

安娜·戴巴莱斯特退缩着，虚伪地低下头，面色苍白。

“她对他能做到那一步，是抱着很大希望的。”

“我觉得他对于做到那一步所抱的希望，同她的希望是同等的、一样的。我知道什么呵。”

“一样，真的么？”

“是一样的。您别说了。”

坐在厅堂里的四个人走了。只有那一对男女还留在那里没有动，他们坐在那里相对无言。那女人在打呵欠。肖万又叫了一玻璃瓶酒。

“不喝这么多，不行吗？”

“我想怕是不行，”安娜·戴巴莱斯特喃喃说。

她一口气把她一杯酒喝尽。他听任她随心所欲用酒毒害自己。黑夜已经笼罩在市区上空。码头上高高的路灯也亮了。小孩一直在那里玩。天空上夕阳的余辉一点踪迹也看不见了。

“在我回去之前，”安娜·戴巴莱斯特要求说，“您是不是还能再告诉我一些什么，我真希望多知道一点。哪怕您并不十分确知的事也行。”

肖万慢慢地说下去，说话声音是无动于衷的，这女人直到此刻还未曾听到过他这样的说话声调。

“他们住在一处孤立隔绝的房子里，我相信那是在海边上。天气很热。去海边之前，他们也没有想到那么快就走到这一步。几天以后，好像他就不得不把她赶走，总是要赶她走。事情发生得太快了，他不得不把她赶出去，叫她远远地离开他，甚至离开那座房子远远的，这样的事经常发生。”

“那也犯不上。”

“避免这一类想法并不容易，为了活下去，必须习惯它、适应它。无非是一个习惯问题。”

“她，她走了吗？”

“她走了，他要她什么时候走，她就什么时候走，尽管她很想留下来。”

安娜·戴巴莱斯特定睛望着她面前这个不相识的男人，她已经认不出他了，她就好像是一匹受到监视的牲畜一样。

“我求求您，”她哀求着说。

“后来，那个时刻终于到来，这时，他看她，有时就不再用以前那样的眼光看她了。她不再是美，也不是丑，不再年轻，可也不是衰老，好比就是那么一个人，甚至不过就是她自己。他害怕。这就是最后一次假期里发生的事。冬天到了。您就要回滨海大道。这是第八个夜晚了。”

小孩跑进来，在妈妈怀里缩成一团，靠了一会儿。他还在轻声唱着迪亚贝利小奏鸣曲。她发狂地抚摩他脸庞上的头发。那个男人避开不去看他们。后来小孩又跑开了。

“这么说，那房子是单独孤立的，”安娜·戴巴莱斯特缓缓地又开口说，“您说，天气很热。他对她说叫她走，她一直是顺从的。她就睡在田野一棵大树下，像是……”

“是的，”肖万说。

“他叫她回来，她就回来。同样，他赶她走，她就走。顺从到这种地步，表示她心里还存着希望，她这样做不过是她特有的表达方式。甚至她脚已经跨出门槛，心里还在期望他叫她回去。”

“是的。”

安娜·戴巴莱斯特痴痴的面庞向肖万俯过来，没有接触到他。肖万往后退缩着。

“就在那间房子里，就在那个地方，她知道，您告诉我的，她是——比如说，也许是……”

“是的，一个烂污货，”肖万打断她的话。

这回该轮到她往后退缩了。他给她的酒杯注满酒，拿给她。

“我说的是谎话，”他说。

她理一理她的头发，倦怠无力，暗暗觉得可悲又可怜，又恢复了常态。

“您并没有说谎，”她说。

在咖啡馆厅堂霓虹灯光下，她注目看着肖万那副非人的、痉挛的面孔，她眼睛贪得无厌地看着。小孩最后一次从人行道上跑进来。

“现在外面已经天黑了，”他报告说。

他对着大门口不停地打着呵欠，转过身来望着她。这时他就躲在这里不出去了，嘴里还在哼着唱着。

“您看，真是不早了。请您告诉我吧，快点啊？”

“后来，时间果然到了，他认为他不这样……就不能真正接触到她。”

安娜·戴巴莱斯特抬起两只手，伸到她那件夏装开领上面袒露在外的颈上。

“就是这儿，对不对？”

“对对，就是那儿。”

那两只手又很通情理地顺从地放开来，从颈上滑落下来。

“我看您快点走吧，”肖万吞吞吐吐地说。

安娜·戴巴莱斯特从椅上站起来，直僵僵一动不动地站在厅堂中间。肖万萎顿地坐在那里没有动。他已经不认识她了。老板娘放下手中的红毛线衣，察看着这两个人，她毫无顾忌地直直地看着这两个人。他们根本没有注意到她。小孩从门口跑进来，拉住他妈妈的手。

“来来，走吧。”

滨海大道上路灯已经照亮。今天比往常回来的时间晚得多，至少晚了一个小时。小孩最后一次唱着他的小奏鸣曲。他也唱得累了。街上几乎已经看不见行人。人们都回去吃饭了。过了第一道防波堤，漫长的滨海大道和平时一样，又展现在眼前。安娜·戴巴莱斯特停下来。

她说：“我太累了。”

“可我饿了，”小孩要哭似的说道。

他看见这个女人——他的母亲眼中泪光闪闪。他就不再抱怨了。

“你为什么哭呵？”

“不为什么，常常会这样。”

“我不愿意，我不要。”

“我的宝贝，好了好了。”

他顾不得妈妈，管自己往前跑去，又跑回来，觉得夜里很好玩，夜里出门，在他还是不大习惯的。

“已经是夜里了，离家还远呢，”他说。

七

鲑鱼摆在银盘上。这银盘可是经过三代人经营购置起来的。冰鲑鱼依然保持它原来天然新鲜模样。一个男仆，身穿黑色正规服装，戴着白手套，把鲑鱼这道菜托在银盘上，尊贵得像是国王的儿子。晚宴于默默无声中开始。仆人把鱼送到每一位就坐的客人面前。没有人开口说话，这里的气氛肃静优雅，合乎礼仪。

在花园北侧最边上，木兰花散发出浓烈的芳香，向海边沙丘渐渐散布开去，直到香气消散得无影无踪。今晚吹着南风。在滨海大道上，有一个男人在往来徘徊。也有一个女人，知道他在那里。

鲑鱼按照一定礼仪有条不紊地一人一人顺序传递下去。不过，每一个人都心怀鬼胎，惟恐这无比美好的气氛一下被打破，担心不要让什么过于显著的荒唐事给玷污。在外面，在花园里，木兰花正在这初春暗夜酝酿着它那带有死亡气息的花期。

回风往复地吹着，吹到城市种种障碍物上受到阻碍，然后又吹过来，花的芳香吹送到那个男人身上，又从他身边引开去，这样往复不已。

在厨房里，几个女人把随后的各种菜肴都准备得整整齐齐。她们额上流着汗，十分自得地给一只死鸭子煺毛去皮，放到像它的裹尸布似的香橙片中间[①]。这时，粉红色的、甜腻腻的鲑鱼，在短短的时间里就已经不成形了。这条曾经在海洋里自由自在畅游的鲑鱼，它那不可抗拒的走向灭亡的过程还在继续着，与此同时，对礼仪上可能有什么欠缺的担心，也渐渐烟消云散了。

一个男人，在一个女人的对面，注视着这个已经变成不相识的女人。她的一对乳房仍然半露在胸前。她匆匆忙忙整理她的衣裙。有一朵花萎谢在两个乳房之间。她张得大大的、放荡的眼睛里，有明澈清醒的光芒闪过，这一份清醒的神志已经足够，足以支持她去吃那别人已经吃过的、该轮到她去吃的一份鲑鱼。

在厨房里，人们终于敢大胆说：鸭子早已准备妥当，而且，搁了这段时间，幸好还是热热的，说她可是太不像话了。她今天晚上比昨天回来得更晚，她的客人已经等了很久。

请了十五位客人，客人一直在底楼大客厅里等着她。她一走进这珠光宝气的世界，就直奔大钢琴走去，忙用手臂支在钢琴上，告罪的话也没有说。大家忙给她让位子，请她坐下。

“安娜来晚了，请多多原谅安娜。”

十年来，她从来没有让人讲过她什么话。就算她言行失检，不合体统，在她也是不可想象的。她脸上挂着微笑，她看起来还过得去。

---

① 这就是下文所说的香橙烤鸭，法国名菜。

“安娜没有听见人家说话。”

她放下她手中的叉子，往四下看了看，试着把谈话引导起来，继续谈下去，但是没有做到。

“真的，”她说。

别人也重复着这句话。她拿手轻轻拢了拢她那散乱的金发，就像前不久她在另一个地方所做的那样。她的嘴唇惨白。她今晚忘了搽唇膏。

“很对不起，”她说，“弄了半天，就是因为一段迪亚贝利的小奏鸣曲。”

“小奏鸣曲？这么快？”

“就是这么快。”

就问了这么一句话，接下来是一片沉默。她，她仍然面带笑容，可是僵在那里不动，就像是森林里一匹野兽一样。

“Moderato cantabile，他不懂吗？”

“他是不懂。”

木兰花将在今晚全部开放。她从海港回来采下的这一朵不在此列。时间像流水一样在消逝，开花时节也将同样一去不复返，消失在遗忘之中。

“宝贝，他怎么能懂得了？”

“他是不行啊。”

“他也许已经睡着了吧？”

“他睡了，是的，是的。”

身体里面的消化活动慢慢地从鲑鱼开始了。这些人，他们把这条鱼吃下去，他们的吸收是十全十美的，完全合乎礼节。肃穆的气氛一点也没有受到干扰。另一道菜已经准备好，摆在它的尸衣似的橙片垫底上，陈列在人的热气之中。月亮已经从海上升到天空，照在那个躺在海边上的男人的身上。现在，透过白色窗帘，勉强可以看到黑夜各种各样形状和体积。戴巴莱斯特太太却没有什么话可以拿出来谈一谈。

"吉罗小姐也教我的小鬼钢琴课，这你们是知道的，这个故事嘛，就是她昨天告诉我的。"

"是啊，是啊。"

大家笑语盈盈。围着餐桌的某一个位子上，坐着那么一个女人。谈话的范围渐渐扩大，大家竞相出力，你一言我一语，妙语层出，谈得很热烈，某种社交气氛由此形成。窍门儿找到，缺口打开了，亲密无间的关系也就建立起来了。谈话一层层引向大家普遍偏袒一方这样的态度，也有个别人保持中立。晚宴进行得十分成功。女士们自信光艳照人。男人们按照他们的收支比例把她们打扮得珠光宝气。今晚只有一位先生对自己是否正确发生了怀疑。

花园正确无误地紧紧锁闭着，园中的鸟雀都已经静静地入睡，在睡眠中休养生息，因为天气是太好了。那个小孩在同样的时间配合下也是这样。鲑鱼在它那已经缩小了的形态下，现在又传递过来。女人们把鱼都吃得精光。她们袒露在外的肩头闪闪发出光泽，表现出某种自信，自信社会基础牢固可靠，自信这种社会权力确凿无疑。这些女人所以被选中正是由于与这种信念相适应。她们的教养严格要求她们的行为必须稳健适度，不可逾分，把自己保养好才是她们顶顶重要的大事一桩。这一点，过去人们曾经对她们千叮万嘱，叫她们永志不忘。她们恰如其分地舔着嘴唇上沾着的绿色的蛋黄酱，她们在嘴唇上舔了又舔，舔得津津有味。那些男人在看着她们，没有忘记她们就是他们的幸福。

这天晚上，她们的胃口普遍都很好，她们当中只有一个人胃口不佳。她从市区另一头回来，那是在滨海大道的另一头，还要走过几道防波堤、几处油库，这个范围十年来一向是准许她去的。在那边，有一个男人请她喝酒，竟喝得神魂颠倒。酒喝得不加节制，再一吃东西，就把她弄得疲惫不堪。在白纱窗帘外面，是茫茫黑夜，在黑夜里，有一个男人，独自一个，一忽儿望着大海，一忽儿看着花园，反正他不愁没有时间。他还在探望着大海，注视着花园，张望着他的手。他没有吃饭。他也不想吃，因为他无法补养他正在忍受着另一种饥饿煎熬的身体。木兰花的浓香顺着风向一阵阵不停地扑来，扑到他身上，紧紧抓住他，纠缠不休，就像那惟一的一朵木兰花的芳香不停地侵袭他一样。在二楼，有一扇窗上的灯光熄灭了，再也没有亮过。在这一侧的窗子，大概都已经紧紧关闭，因为害怕这过度强烈的花香，花在夜里散发出来的浓烈的芳香。

安娜·戴巴莱斯特喝酒一直没有停过，因为波玛尔酒[①]带有今

---

① 法国著名的勃艮第红葡萄酒。

晚街上那个人还没有接触过的嘴唇的气息，可以毁灭一切的气息。

这人已经离开滨海大道，沿着花园走了一圈，沙丘在花园的北面，与花园相接，他站在沙丘上，看着花园。然后又踅回来，沿着斜坡走下去，一直走到下面的海滩上。他又在海滩上原来那个地方横身躺下来。他面对着大海，四肢五体伸开，一动不动，躺在那里，躺了一会儿，翻过身来，又一次朝着灯明火亮的窗口上的白窗帘望去。后来，他又站起来，捡起海滩上一块圆石，要向窗口投过去，但回转身来，他把那块石子抛到海里去了。他又躺下来，直直地躺在沙滩上，大声叫着，呼唤着一个人的名字。

两个女人互相配合，忙来忙去，在准备第二道菜。另一具牺牲，准备好了。

“您知道的，安娜在她的孩子面前是没有力量自卫的。”

她笑了笑。别人也在重复着这句话。她又把手抬起，伸到她那乱蓬蓬的金发上。她眼睛上的黑眼圈越来越大。今天晚上，她哭了。这时，月亮升到城区上空，照在那个躺在海边上的男人的身上。

“那是真的，”她说。

她的手从头发上放下来，落到在她两个乳房中间正在萎谢的木兰花上。

“咱们大家都是一样的，是的嘛。”

“是，是，”安娜 · 戴巴莱斯特说。

木兰花瓣柔腻光滑，光洁得不带半点毛糙。手指在搓着花瓣，把花瓣搓破，不能再揉搓了，手停住不搓了，放在桌上，手指在等待着，要拿什么，要触到什么，但是什么也没有拿到，什么也没有触到，空无所有。被人家看到了。安娜·戴巴莱斯特想笑一笑，表示歉意，表示这是无可奈何的，她已经醉了，她脸上现出显然可见的放荡表情。目光是滞重的，冷漠的，迟钝的，眼之所见已经不再感到有任何惊奇，是痛苦的。人们一直在等待着这样的情况发生。

安娜·戴巴莱斯特半闭着眼又把一杯酒喝干。她除了不停地喝酒以外，其他的事她都无能为力。她发现喝酒就是对她直到如今还是暧昧不明的欲望的证实，也是对这个发现的一种差强人意的安慰。

其他的女人也拿起酒杯来喝着，她们也同样抬起她们袒露着的手臂，那是令人快意的、无可非议的，也是作为妻子的手臂。在海滩上，那个男人吹着口哨，吹着今天下午在港口咖啡馆听到的一支歌。

月亮高高悬在天空，在月光之下，凄冷的深夜已经开始。那个男人不会不感到寒冷。

开始上香橙烤鸭了。女人开始吃烤鸭。人们选中这些又美又强健的女人，她们面对佳肴美味一向是奋不顾身的。她们一看到烤得金黄的肥鸭喉咙里就发出轻柔的呼呼声响。这些女人当中有一个女人，一看到鸭子就昏厥过去了。她的嘴发干，正在经受另一种饥渴的煎熬，只有酒可以勉强平息这种饥渴，这种饥渴是无法解除的。她心中忽然想到那支歌，今天下午在港口咖啡馆听到的那支歌，但是她不能唱。那个男人孤独一个人，一个孤零零的身体，躺在沙滩上。他的嘴微微张开，正在呼唤着一个人的名字。

“不要了，谢谢。”

在那男人紧紧闭起的眼皮上，只有海风吹拂，还有木兰花的香气，木兰花的香气像是不可捉摸的汹涌的波浪，随着风的起伏在波动。

刚刚上来的这道菜，安娜·戴巴莱斯特不要吃。盘子仍然摆在她面前，时间虽然不长，但在这短短的时间内，举座为之不欢。她照着过去学来的规矩，她扬一扬手，再一次表示不想吃。大家也不勉强。在桌上，在她四周，是一片沉默。

“嗳呀，我吃不下，请原谅我吧。”

她再一次抬起手来，举到她胸前戴有那朵花的地方。花正在凋谢萎落。可是花的芳香穿过花园一直飘到海上。

“也许是因为这朵花吧，”有人冒昧地说，“它的香味是多么厉害？”

“这种花的气味我习惯了，不，没什么的。”

烤鸭传递下去。有一个人，坐在她的对面，正在冷冷地看着。她竭力想笑一笑，可是笑不出，现出一副沮丧的丑相，不加掩饰的放任。安娜·戴巴莱斯特已经醉了。

大家一再问她是不是病了。她没有病。

有人还是坚持说：“是不是这朵花暗中害得人恶心难受？”

“不不。这种花的气味我习惯了。因为我并不饿，不想吃。”

大家让她静静坐着。吞吃烤鸭开始了。烤鸭的肥油在另一些身体里面溶解了。街上遇见的那个男人，他闭起的眼皮在长时间的忍耐中颤动着，这忍耐是心甘情愿的。他的内部已经受伤的身体感到寒冷，不论是什么都不可能使它再感到温暖了。他的嘴在默念着一个人的名字。

在厨房里，有人通知说她烤鸭不要吃，说她病了，此外，也没有什么别的解释可说。在这里，人们谈的是另一些事。不具形的木兰花在抚慰着那个孤独的男人的眼睛。安娜·戴巴莱斯特又一次拿起她那刚刚斟满的酒杯，把酒喝下去。和别人不同，她那中邪的肚皮，烈酒的火焰在喂养着它的饥饿。她的乳房沉重地垂在一朵这么沉重的花的两侧，新出现的消瘦病瘠已经可以感觉到，让她感到阵阵作痛。她的嘴里含着一个人的名字没有说出来，酒就从这张嘴灌下去。无声无息暗中发生的事件已经把她五脏六腑摧折撕裂。

那个男人从沙滩上站起来，一步一步走近铁栅栏墙，那些窗口一直灯火通明，他双手紧抓住铁栏，紧紧抓住铁条。那件事怎么到现在还没有发生？

烤鸭将要再一次在桌上传递。安娜·戴巴莱斯特仍然要用同样的手势请求别人不要管她、随她去。人们不会去注意她的。她忍受着腰肢撕裂那样的剧痛，像野兽一样无声地躲在洞穴中喘息。

那个男人把紧抓着围墙上铁栏的两手放开。他看看他空空的双手，看着他那因为用力过猛扭曲变形的手。命运，把他远远地抛开了。

海风在城区四处回旋吹动，风更冷了。大多数人都已经睡去。二楼窗口一直没有一点光亮，对着木兰花，所有的窗子都紧紧关闭。小孩已经睡去。在他天真无邪的睡梦里，红色的汽船正在波浪上航行。

有几个人还在吃着烤鸭。谈话，渐渐变得顺畅了，黑夜随着也一分钟一分钟地消逝。

在枝形吊灯耀眼的光辉下，安娜·戴巴莱斯特沉默着，没有说话，可是一直在微笑。

那个男人决心离开花园，回到城区那一头去。他渐渐走远，走得越远，木兰花的芳香逐渐减弱，海的气息越来越浓重。

安娜·戴巴莱斯特吃了一点咖啡味的冰淇淋，免得别人来打扰她。

那个男人不由自主又转身回来。他又找到了木兰花，铁栅栏围墙，还有远处的窗口，闪耀着光亮的窗口。他今天下午听到的那支歌又在他嘴上出现，嘴里的那个名字又叫了出来，而且叫得更响。他一直往前走去。

她，她也记得它。戴在她乳房之间的那朵木兰花完全凋谢了。这朵花在一小时之内度过了一个夏季。那个男人迟早一定会绕过这座花园。他已经走过去了。安娜·戴巴莱斯特在某种姿态下继续不断地在祈求着这朵花。

“安娜没有听见。”

她想再笑一笑，再也笑不出来了。有人在重复说这句话。她最后一次抬起手来，拢一拢她那蓬乱的金发。眼睛上的黑圈还在扩大。今天晚上，她哭了。人们是为了她，仅仅为了她一个人，在反反复复说着谈着，人们好像都在等待着什么事情发生。

她说："那是真的，我们要离开这里，住到海边上一座房子里去。天会很热的。在海边上，住在一座孤立隔绝的房子里。"

"宝贝儿子呵，"有人说。

"是的。"

这时客人纷纷走到与餐厅相接的大客厅。安娜·戴巴莱斯特退身走出，上楼，到了二楼。在生活中常常走过的过道一侧的大窗口，她站在那里往下看，看着滨海大道。那个男人大概早已走了。她走到她的孩子的房间里，一进门就躺倒在孩子床前地上，顾不得会把乳房中间的木兰花压碎，这花早已不成其为花了。她的孩子睡在那里，平静地呼吸着，在这神圣的时刻，就在那里，她呕吐了，吐了很久，今晚她迫不得已吃下去的奇怪的食物都吐出来了。

一个阴影出现在通向过道打开来的门框上，把室内幢幢阴影遮得更加晦暗。安娜·戴巴莱斯特伸出手去理一理她那确实乱不成形的金发。这时，她说出一句表示歉意的话。

那个人没有回答她。

八

依然是好天气。好天气持续这么久，是料想不到的。人们现在是面带微笑议论着这种天气，仿佛这天气是虚假的、捏造出来的，在它持续这么久的背后可能隐藏着什么不正常的东西，很快便可见出分晓，人们只有在一年季节按照常规稳定下来时才会感到放心。

这一天，连同以前好多天，都是那么好的好天气，这当然是就当前季节而言，因此，只要天上浮云不多，晴明的天空持续一些时间，人们就认为天气会变得更好，只是季节来得早了些，更临近夏季了。天上的流云游动得非常缓慢，遮不上太阳，浮云是那样迟缓沉重也不可能遮住太阳，所以，这一天的天气几乎比前几天的天气更要好。再加上伴随而来的微风，是从海上吹来的海风，温润柔和，非常像此后几个月份某些日子里将要吹起的那种海风。

有人认为这一天气温已经算是很热了。大多数人却不以为是这样——不是说天气不好，而是说，正因为天气这般美好，所以这一天应当是热的。还有一些人没有什么定见。

安娜·戴巴莱斯特是在她上一次到港口散步后的第三天又来到这个地方。她比往常到得晚一些。肖万远远见她从防波堤后面走来，就踅回咖啡馆去等她。她没有带孩子来。

安娜·戴巴莱斯特走进咖啡馆，这时天上一大片晴空已经持续了很久。老板娘头也不抬，看也不看她，继续在柜台后面暗处织她那件红毛线衣。她这件毛衣已经织得更长了。安娜·戴巴莱斯特走到厅堂靠里面前几天他们一直坐着的那张台子那里找到了肖万。肖万今天早上没有刮脸，是前一天晚上刮的。安娜·戴巴莱斯特也没有打扮，往常她都是精心修饰过才出门的。不论是他还是她，无疑谁也没有注意到这一点。

“就您一个人来，”肖万说。

他说到这一件明摆着的事实，过了很久，她才点头表示是，她想回避也无从回避，不禁暗暗吃惊。

“是的。”

回答这么简单，简直让人透不过气来，为了避开这种局面，她侧过脸去看着咖啡馆门口，望着外面的大海。海岸冶炼厂在市区南面发出嗡嗡响声。在港口那里，像往常一样，驳船正在往下卸砂石煤炭。

“天气很好，”她说。

肖万和她一样，张望着门外，不经心地探望着天气，无目的地察看着这一天的气象。

“我没有料到来得这么快。”

老板娘见他们坐在那里总是不说话，她管自己坐着，转过身来打开收音机，没有什么不耐烦的，她的态度甚至是和蔼可亲的。收音机打开，一个女人的声音在唱一支曲子，像是在远方，在远远的外国的某一个城市。安娜·戴巴莱斯特探过身子来靠近肖万。

“这个星期以后，我就不来了。我的孩子由别人带他到吉罗小姐家里去上钢琴课。由别人代我这件事，我已经同意了。”

杯里剩下的酒，她一小口一小口地喝着。她的杯子空了。肖万忘了去叫酒。

“这样，肯定比较好，”他说。

一位顾客走进门来，是孤零零一个人，就一个人，无聊的样子，走进来也同样要了酒。老板娘给他斟酒，接着她就走到厅堂里去给另外两位并没有喊她的顾客倒酒。他们一起马上就喝起酒来，理也不理她。安娜·戴巴莱斯特说话很快、很急切。

她说：“这酒，上一次我都吐掉了。我喝酒还没有几天……”

“今后就不要紧了。”

“我求求您……”她哀求着。

“找一些什么话来谈谈，要不然就什么也不说，随您的便。”

她察看着咖啡馆，接着又细细地看他，她把这地方整个地看了又看，又好好把他端详又端详，期求着某种救援，但是一无所得。

“我常常呕吐，不过原因和这一次不一样。您明白，原因各不相同。一次喝得那么多，一下子喝下去，在那么短促的时间里，我从来没有这个习惯。所以我吐了。我怎么也控制不住自己，我相信我是再也不能控制自己了，可就那么一下子，实在无能为力，再也不可能了，尽力去做也都是白费。坚持不下去，意志力没了。”

肖万臂肘支在桌上，两手抱着头。

“我也累死了。”

安娜·戴巴莱斯特把他的酒杯注满酒，拿给他。肖万没有拒绝她。

“我不说话好了，”她抱歉地说。

“不不。”

他把他的手伸到她的手边，就那样搁在桌上，隐没在他的身体的黑影中。

“花园的门牢牢地上了锁，像往常一样。那天天气很好，有一点风。在楼下，窗子都亮着。”

老板娘放下她手里的红毛线衣，去洗酒杯，他们是不是又是一坐很久，她也不去操那个心了，这在她倒是第一次。下工的时间快要到了。

“咱们再也没有多少时间了，”肖万说。

太阳西斜。他用眼睛追踪着厅堂后墙上日光缓缓移动。

安娜·戴巴莱斯特说：“这小鬼，我还没有来得及告诉您……”

“我知道，”肖万说。

她把她的手从桌上抽回，久久看着肖万一直放在桌上的那只手，他的手在那里颤抖着。她轻轻地呻吟，发出等得不耐的申诉——收音机的声音把它掩盖下去了——只有他是听得到的。

她说：“有时，我觉得他是我空想出来的……”

“我知道，为了这个孩子，”肖万粗暴地说。

安娜·戴巴莱斯特呻吟着，抱怨着，声音比刚才要强烈。她又把手放回到桌上。他眼睛看着她的动作，好不容易他明白了，他抬起他的沉重僵硬的手，放到她的手上。他们的手冰冷，两只手遇到一起，虽有实无，仅仅是在意向中交接在一起。目的就是为了这样做，仅仅是在意向中做到这一步，别无其他，除此之外，都是不可能的。他们的手，就像这样，放在一起，在死亡的姿态下僵化了。安娜·戴巴莱斯特的哀叹就此停止。

“最后一次了，”她哀求着，“告诉我吧。”

肖万犹豫不定，眼睛一直在看着别处，看着厅堂的后墙，接下去，他决心还是讲出来，就像是讲起一件往事一样。

“以前，在遇到她之前，他从来没有想到他终于也会有这一天，也会有那种愿望。”

“她是完全同意吗？”

“完全同意，简直令人惊奇。”

安娜·戴巴莱斯特抬起眼来失神地看他一眼。她的声音柔细，几乎像是小孩的声音。

“我真想知道为什么这一天竟出现这样美好的愿望。”

肖万自始至终都不去看她。他说话声音沉稳、平板，无动于衷。

“用不着知道。也不可能理解到这种地步。”

“像这一类事就该搁在一边听它去？”

“我想是的。”

安娜·戴巴莱斯特脸上的表情变得死气沉沉，几乎是一脸蠢相。她的嘴唇也失去血色，成了一片死灰。她的嘴唇不停地颤抖，像是要哭的样子。

她声音低低地说："她没有想办法去阻止他。"

"没有。咱们再喝一点酒吧。"

她喝酒，一直一小口一小口地喝，接着他也拿起酒杯喝酒。他的嘴唇也在酒杯上瑟瑟颤栗。

"需要时间，"他说。

"必须要很久很久才行？"

"很久，我想是的。不过我也不知道。"他又低声说，"我不知道，和您一样。什么都不知道。"

安娜·戴巴莱斯特并没有流下泪来。她说话的声音又恢复了平静，清醒了一下。

"她从此就再也没有说话，"她说。

"怎么没有。有一天，是在早晨，她突然遇到一个她认识的人，她没有别的办法，只好致意问好。或者是她听到一个小孩唱歌，她想象那美好的天气，她说，天气真好。这样，就又说话了。"

"不，不。"

"这是您要那样想，其实并没有什么关系。"

汽笛响了，声音很响，市区各个角落，甚至更远的近郊区，四郊的村镇，随着海风，这汽笛的响声都可以愉快地听到。夕阳照在咖啡馆厅堂的墙上，发出更深的红褐色的光芒。像往常的黄昏时分一样，天空在静静的云团之间，静谧稳定不变；由于没有云雾遮着太阳，太阳的最后的光辉通行无阻地四下投射出来。这一天傍晚，汽笛声不停地拉了很长的时间。和往常一样，它最后还是停止不响了。

“我害怕，”安娜·戴巴莱斯特喃喃说。

肖万上身往桌子上靠近，找她，靠近她，后来，他又放弃了。

“我不能。”

他没有能做到的事，现在她要做到。她向他凑近去，往前靠拢，让他们的嘴唇接合在一起。他们的嘴唇叠在一起，互相紧紧压在一起，目的就是为了这样，就像刚才他们冰冷颤栗的手按照葬礼仪式紧紧握在一起一样。就是这样。

邻近街道上传来低低的嘈杂的人声，中间还夹杂着愉快的悄悄的呼叫声。兵工厂已经大门敞开，八百名职工一拥而出。兵工厂离这里并不远。老板娘打开柜台上一排灯光，照得通明，尽管落日的光辉也很耀眼。她犹豫了一下，然后她就走到他们跟前，他们什么话也没有说，她最后一次关切地给他们倒好酒，他们并没有向她要酒。酒倒好以后，她就站在他们旁边，他们还是靠得很近的，她站在那里不走，想找一些什么话和他们说说，一下又找不出什么话来说，只好走开了。

“我害怕，”安娜·戴巴莱斯特又一次这样说。

肖万不说话。

“我怕，”安娜·戴巴莱斯特几乎叫出声来。

肖万始终不说话。安娜·戴巴莱斯特上身俯下去，前额几乎触到桌面，她敢于承担一切，她不怕。

“就在我们现在这样的处境下坚持下去吧，”肖万说。他又说：“这样的事有时是必然要发生的。”

有一群工人进了咖啡馆。他们已经看到他们这两个人。他们故意避开不去看他们，这件事，他们也听说了。老板娘，甚至全城，都已经风闻其事。咖啡馆里充满着各种不同的谈话声，由于羞耻之心，谈话声变得低沉沉的。

安娜·戴巴莱斯特站起来，她还想越过桌子更靠近肖万一些。

“也许我不会走到那一步，”她喃喃说。

她说的话，也许他没有听见。她把身上穿的上衣整一整，扣上纽扣，把上衣紧紧裹在身上，又忍不住凶野地呼呼叫了起来。

“那不可能，”她说。

肖万只是听着。

“再等一分钟，”他说，“我们也会走到那一步。”

安娜·戴巴莱斯特在等着这一分钟，随后，她想从椅子上站起来。她起身站起来了。肖万眼睛看着别的地方。咖啡馆里那些男人的眼睛纷纷避开去，不去看这个通奸的女人。她终于站起来了。

“我真希望您死，”肖万说。

“完了，”安娜·戴巴莱斯特说。

安娜·戴巴莱斯特把椅子转了一个身，这样，也就不可能再坐回去了。然后，她往后退了一步，又转过身来。肖万举手在空中挥了一下，手就垂落在桌上。她看也不看他，从他坐着的那个地方走开了。

她转过身来，朝着落日的方向，穿过在柜台前的一群人，来到一片红光之下，这红光标志着这一天的终点。

她走出门去以后，老板娘加大了收音机的音量。有几个人在抱怨，他们不喜欢声音太大。

翻译后记

玛格丽特·杜拉斯是法国当代一位很值得注意的作家。原姓多纳迪厄，一九一四年四月四日出生于印度支那。她的父亲是数学教授，母亲是小学教师。玛格丽特·杜拉斯在西贡读中学，十八岁回到法国，入巴黎法学院、政治科学学院读书，还曾专修哲学和数学，获得法学学士、政治学学士学位。一九三五至一九四一年，任法国殖民部秘书。第二次世界大战爆发后，投身抵抗运动。一九四五年参加法国共产党，一九五五年被开除出党。一九四三年玛格丽特·杜拉斯开始发表小说《厚颜无耻的人》（又译《无耻之徒》），此后作为职业作家相继发表小说近二十种，还有大量剧本、电影剧本等。她的电影剧本《广岛之恋》（1960）使她闻名世界；剧本《英国情人》（又译《英国情妇》，1967）获得一九七〇年易卜生奖。法国有些批评家将她列为新小说派，常常把她和比托尔、罗伯-格里耶、克洛德·西蒙等新小说派作家相提并论。批评家克洛德·莫里亚克说罗伯-格里耶写的是“物”包围下的人，玛格丽特·杜拉斯写的是处在“人-物”包围下的人。克洛德·戴尔蒙认为法国现代小说有如一片荒凉的沙漠，在这样的情况下，杜拉斯的《琴声如诉》给小说创作打开了一条新路；他说杜拉斯这部作品使人想到普鲁斯特和麦尔维尔。这是戴尔蒙在一九五八年杜拉斯这部小说出版时提出的看法。总之，玛格丽特·杜拉斯这部小说发表以后，她作为法国现代独树一帜的小说家的地位已经确定。

玛格丽特·杜拉斯小说中展现的世界，简括说来，就是西方现代人的生活苦闷、内心空虚，人与人难以沟通，处在茫然的等待之中，找不到一个生活目标，爱情似乎可以唤起生活下去的欲望，但是爱情也无法让人得到满足，潜伏着的精神危机一触即发，死亡的阴影时隐时现。这位女作家的文学主题大体如此。

杜拉斯最早的三部作品《厚颜无耻的人》（1943）、《平静的生活》（1944）、《太平洋大堤》（又译《抵挡太平洋的堤坝》，1950），在艺术方法上以至在内容上承袭弗朗索瓦·莫里亚克、朱利安·格林一派显然可见。如《太平洋大堤》，背景写印度支那南方，一个法国女人和她的子女向海洋争夺一块贫瘠土地的斗争，本来骨肉之间在向大自然的斗争中应是同心协力、心心相连的，但小说写的是在这场互助求生、休戚与共的搏斗中人与人的疏远分离；作为对空虚、苦闷生活的抵制，一个妹妹对一个哥哥发生隐蔽的狂热感情，哥哥找到一个女人走了，这个少女空空地留下来，站在大路边上，面对着可怕的现实，陷于毫无希望的等待之中。杜拉斯小说中所有的人物似乎都是处于等待之中的。她的一个写得很长的短篇《工地》，只写一男一女两个人物，没有什么情节，自始至终写这两个人物在等待，他们彼此互相窥伺，追忆往事，仿佛他们知道他们一定要相遇，写得十分细腻，同时又写得闪闪烁烁、迷迷蒙蒙，通篇都是如此。一九六二年发表的长篇《昂代斯玛先生的午后》与这个短篇相似。《广场》（1955），也写两个人物，一个旅行推销员和一个年轻女佣，这两个人物也在等待之中，等待什么？希望着什么？这一男一女坐在街头广场小花园的椅子上在谈话，几乎通篇就是写这种语意不明但又有着某种寓意的日常生活的对话，从对话中可以感受到他们内心的焦虑和痛苦，小说没有什么故事，但在人物的对话中似乎暗藏着许多故事，人物在倾诉他们自己的生活，发出内心的呼叫……小说《直布罗陀海峡的水手》（又译《直布罗陀水手》，1952），写一个男人在意大利海滨度假，孤寂无聊，遇到一个独身富家女人，她正在寻找她过去曾经爱过的一个水手；两人相遇，共同寻找那一去不复返、不可能再行寻获的过去——爱情；一无所获，两人怅然离去。《塔尔奎尼亚的小马》（1953），与上一部小说同属一个类型，也写海滨度假，写了五个人物，阳光与烈酒把人搞得疲软无力，好像时间已经终止，人的真实存在似乎也化为乌有，小说写了许许多多小事件，没有一个一以贯之的情节，却写了五个人物的遇合，各自都有所期待，又都落了空。杜拉斯小说的气氛、人物大致都是这样，杜拉斯写的是人的思想和感情，一般小说中的纠葛、叙述、描写几乎都从她的小说中被排除出去，但人物形象真实地站在那里，她的小说仍然有力量唤起阅读者的情绪反应。

一九五八年发表的《琴声如诉》[①]被看作是这位女作家的代表作。法国批评家亨利·埃尔认为小说写的是“不可能的爱情”。小说主人公安娜·戴巴莱斯特是外省某滨海城市一家企业的经理的年轻妻子，每星期五带孩子到一位女钢琴教师家中去上钢琴课，女教师所住的公寓大楼下面有一家咖啡馆；小说开始，小孩在上钢琴课，楼下咖啡馆中发生了一桩情杀案，一个男人开枪打死他所爱的女人；下课以后，安娜看了咖啡馆出事地点现场，不知什么力量促使她第二天又到这家咖啡馆来，遇到一个蓝眼睛的青年，两人谈起话来，谈话自然是从昨天发生的杀人案开始的；自此以后，两人似曾相识；安娜带着孩子又几次来到这家咖啡馆与那个男人相会，继续谈话，不停地喝酒。安娜和那个男人肖万谈话中所谈的杀死自己的爱人的男人和要求自己爱人对自己心上打一枪的女人不过是“借他人的酒杯，浇自己的块垒”罢了。埃尔说：“安娜在同他谈话当中，自己就变成了另一个女人，从她自己所属富有的资产阶级社会中逃出去了，从对她冷漠无情的丈夫那里挣脱出来了。从某种情况看，她‘包法利夫人’化了。如果继续发展下去，她就将是由于爱而被杀死的女人(这种爱她是未曾经历过而又是她所希望的)，而引诱她的、她也准备去爱的肖万就将是杀人的凶手。但是，在这样的情况还没有实现之前，她清醒过来了：她没有带孩子，又一次去看望肖万，吻了他——他们都知道，仅此一吻即可，他们的爱情告

① 这篇小说的题目原文为 *Moderato cantabile*。中译并没有照这个音乐术语直接译出。改译的题目不很好，而且不大确当，姑妄译之。

终，从此永别。一场风魔到此结束。”埃尔说这种不可能的爱情有各种原因。肖万是安娜丈夫的工厂的工人，阶级不同，使他们的爱情成为不可能；在小城市里，搞得满城风雨，压力太大，是另一个原因；还有，安娜所爱的那个孩子，等等。埃尔认为他们的爱情的主要障碍在于安娜所要求的那种“只有在死亡中才可以得到的绝对的爱情、疯狂的爱情”。这种所谓“绝对的爱情”的观念不论是对批评家、作家甚至作家笔下的人物来说，正因为它产生于空虚、可厌、人与人相隔绝的现代资本主义社会，所以是不可能的。小说所包含的悲剧性主题是有社会依据的，因此作品在很大的程度上是真实的。

这篇小说，名为长篇，按照我们的习惯看，似乎是一个中篇。写得简练，摈弃传统小说的故事情节以及叙述和描写，甚至不惜写得干巴巴，对话很多，对话也是不动声色的、一般性的、日常生活式的，小说甚至好像有意没有写完等等，这正是人们对这位女作家所称道的风格特色之所在。小说写有十五位客人的晚宴的场面，的确写得十分精彩。批评家克洛德·鲁瓦说杜拉斯这部小说有如匈牙利作曲家贝拉·巴托克的“重写的包法利夫人”，正像小说的题目那样，让我们想到音乐，“像歌唱一样的中板的种种变调、和声与和弦构成为小说的基本内容”。但是说玛格丽特·杜拉斯像新小说派作家那样，把小说写得干巴巴、冷冰冰、作家的眼光冷得就像照相机镜头那样，鲁瓦不同意这样的意见。他认为“在这部写得精炼、准确的作品中，我看到的恰恰是感情、人情，还有某种被有意压下去的、发自内心的痛苦的痛彻肺腑的真正美的微语。书中所写的，正是一位头脑冷静的作家在理性控制下写出的理性所不理解的种种事理”。

王道乾

一九七九年八月

广岛之恋

谭立德　译

剧情

一九五七年夏天，八月，广岛。

一个三十岁左右的法国女子在这座城市里。她是来参加拍摄一部关于和平的影片，她在影片中扮演一个角色。

故事发生在这个法国女人回国的前夕。她在其中扮演角色的这部影片实际上已近完成。只剩下一组镜头要拍摄。

就在她回法国的前夕，这个在影片中始终未提及名字的法国女人——这个无名妇女——将遇到一个日本人（工程师或建筑师），他们之间产生了一段过眼云烟的恋情。

影片中，他们如何相遇并不清楚明了。因为问题不在这儿。世界上到处都有萍水相逢的事。重要的是，这些常有的相遇之后所发生的事。

影片开始时，观众见不到这对邂逅的人。看不见她。也看不见他。见到的是一些残缺不全的躯体——被齐头齐腰截去的部分——在蠕动着——在欲海情焰或在临终挣扎中蠕动着——上面相继盖满了灰烬、露珠、原子弹的死亡阴霾——和情欲得到满足后的汗水。

他们的身体只是渐渐地从这些未定型的、朦朦胧胧的躯体中展现出来。

他们双双躺在一家旅馆的房间里。他们一丝不挂。光滑的身体，完好无损。

他们在谈论什么？正是在谈论广岛。

她对他说，她在广岛看见了一切。观众看到了她所见的景象。这些景象可怕至极。然而，他的意见是否定的，认为这些景象是骗人的，他客观地、令人难堪地重复说，她在广岛什么也没见到。

他们初次交谈的话题是富有寓意的。总之，这是一种歌剧对白式的谈话。谈论广岛是不可能的。人们所能做的就是谈谈不可能谈论广岛这件事。对于广岛的了解，在影片一开始便作为类似头脑中的幻觉提出来。

这个开端，这一系列在一张旅馆的床上被回忆起来的、已经在广岛举行过的纪念那桩惨剧的官方活动，这亵渎的追忆，都是故意安排的。人们到处都可以谈论广岛，甚至在偶然相遇而一见钟情的男女之间，在他们发生私情的旅馆的床上。影片中这两位真正热恋的男女主人公的身躯，使我们想到了这一点。如果说有什么亵渎的事，真正的亵渎行为，就是广岛本身。没有必要虚伪和回避问题的实质。

尽管向观众展示的广岛的历史遗迹很少，只是一个虚无空洞的遗迹所具有的少得可怜的残余，然而，观众想必能从这追忆中解脱出来，消除偏见，做好准备来聆听那将要向他们讲述的有关我们两位主人公的故事。

好，就这样回到他们的故事上来。

一个平淡无奇的故事。这种故事每天都会发生，成千上万，层出不穷。日本男人已经结婚成家，有了孩子。法国女人也是有夫之妇，也有了两个孩子。他们一夜风流。

但是，在哪儿呢？在广岛。

这种拥抱是如此寻常，如此普通，却发生在世界上一座最难以想象得到的城市：广岛。在广岛，一切都不是“已知的”。一种特殊的光晕映照于每个手势，每句话，使其具有超出字面意义的弦外之音。这是影片的主要意图之一，它打破了用恐怖来描绘恐怖的手法，因为，这种手法已被日本人用过，而是使这种恐怖在劫后的灰烬中获得新生，并与一种必须是独特的而又“令人赞叹”的爱情糅合在一起。然而，如果影片是在世上任何别的地方，是在某个没有经受过这种惨绝人寰的死亡的地方拍摄，那效果就不同，观众将会更信服这部在广岛拍摄的影片。

这两个来自不同国度的人，他们在哲学理念、历史背景、经济状况和人种等方面都大相径庭，广岛却是他们共有的场所（也许是世界上惟一的场所？）。在那儿，性欲、爱情、不幸，这些人类普遍具有的东西都淋漓尽致地表现了出来。广岛以外的任何别的地方都能容忍虚假。而在广岛却不然，“虚假”是无法存身、被拒之门外的。

在朦胧的睡意中，他们还在谈论广岛。以不同的方式。他们欲火中烧，也许正怀着不知不觉滋生的爱情。

他们的对话既涉及他们自己，也涉及到广岛。他们的话题相互融合，纵横交错，因此，从那时起，在关于广岛的歌剧对白式谈话之后，这些浑然一体的话题已难以辨别。

尽管他们个人的故事如此简短，但总是占着优势而压倒广岛的故事。

如果不坚持这个前提条件，那么，这部影片只能又是一部“遵命”电影，索然寡味，不过是一部小说化的记录片罢了。如果坚持了这个前提，那就将摄制成一部类似杜撰的记录片，而在吸取广岛事件历史教训方面却要比一般的新闻记录片更具有说服力。

他们睡醒了。在她穿衣时，他们又谈论起来。他们谈东说西，也谈起了广岛。为什么不呢？这是自然而然的。我们正是在广岛嘛。

突然，她穿着一身红十字会护士服出现在眼前。

见她这身打扮，这简直是一套表现传统美德的制服，他重又渴望得到她。他希望再见到她。他同所有的人一样，确切地说，同所有的男人一样。这类乔装正经的打扮含有一种对所有男人都会产生诱惑力的色情因素。（一次永恒战争中的永恒护士……）

那么，为什么她同样需要他，却又不愿再见到他呢？她并没有讲清理由。

醒来后，他们也谈到了她的过去。

在内韦尔，她的家乡，在她长大成人的涅夫勒省究竟发生过什么？在她的生活中究竟发生过什么使她变成现在这样：既放荡不羁又拘谨不安，既正直善良又虚伪无礼，态度既如此暧昧又如此明朗？为什么如此渴望经历萍水相逢的恋情？而面对爱情却又如此懦弱胆怯呢？

她告诉他，有一天，她曾在内韦尔发疯。她凶狠得发疯了。她叙述这件事如同叙述她从前在内韦尔聪明果断一样。完全一个腔调。

她只字未提这内韦尔“事件”是否就能解释眼前她在广岛的行为。她宛如在讲别的事情那样叙述内韦尔“事件”。并不说明原因。

她走了。她决定不再见他。

但是，他们将再见面。

下午四点钟。广岛的和平广场(或在医院门口)。

摄影师们正离开现场(影片中，我们总是只看见他们带着器材离去)。有人在拆卸看台，摘掉悬挂的小旗。

法国女人(也许)在被人拆卸的看台阴凉处呼呼入睡。

人们刚拍完一部颇有教益的有关和平的影片。这绝不是一部荒谬可笑的电影，而是又一部电影罢了。如此而已。

一群人再次顺着为刚拍完的那部影片而设置的布景涌过来，一个日本男人穿过人群。这个男人就是我们上午在旅馆的房间里见到的那位。他看见法国女人便收住脚步，然后，向她走去，瞧着她熟睡。他的目光惊醒了她。他们四目相视，彼此都强烈地渴望得到对方。他并非偶然来到此地。他是为了再见到她而来的。

几乎在他们刚刚重逢时，就开始了游行。这是影片的最后一组镜头。孩子们的队伍，学生的队伍。狗。猫。逛马路的人。整个广岛都出动了，其盛况就像历次举行有利于世界和平的活动时一样。游行队伍已变得光怪陆离。

天气非常炎热。天空乌云密布，暴风雨即将来临。他们等待游行队伍走过。就在这等待的时候，他告诉她，他认为自己爱上了她。

他把她带到他家。他们简要地谈一下各自的生活。

他们的婚姻都很美满，无需寻求什么别的东西来弥补夫妻生活的不幸。

就是在他家，在做爱时，她对他谈起了内韦尔。

她还是离开了他家。“为了消磨她动身前的那段时光”，他们到一家临水而立的咖啡馆去。夜色已浓。

他们在那儿又逗留数小时。离翌晨她搭乘的班机起飞时间越来越近，他们的爱却越来越深。

就是在这座咖啡馆里，她告诉他自己曾在内韦尔发疯的原因。

一九四四年，正值她二十岁，在内韦尔，她被剃成光头。她初恋的情人是德国人。在法国将解放时被杀死。

她光着头待在内韦尔的一个地下室里。就在广岛事件发生时，她才变得像样些，能走出地下室，来到街上，混入兴高采烈的人群中。

为什么选择了这么一段个人的不幸经历呢？无疑，因为它本身同样是一种绝对。就因为一个姑娘爱上了国家的法定敌人而把她剃成光头，这是件绝对可怕而愚蠢的事。

我们看见了内韦尔，就像在他房间里已经见到的那样。他们又谈起他们自己。又一次交错重叠地出现内韦尔及其爱情场面和广岛及其爱情场面。一切都糅合在一起，并没有什么预想的原则，而是以一种随时随地都会发生这类混合的方式进行，在这些场面中，初恋的情人总是喁喁情话，说个不休。

她又走了。她又一次避开他。

她试图回到旅馆稳定一下情绪，但是，她做不到；她又走出旅馆，返回那已经打烊的咖啡馆。她待在那儿。回忆起内韦尔（内心独白），也就是回忆起爱情本身。

那个男人跟随在她身后。她意识到了。她盯着他。他们怀着深深的爱恋互相凝视着。这场短命的爱情就像内韦尔的爱情那样，也将被扼杀。因此，它已经注定要被遗忘。因此，它是永恒的（因为它被遗忘本身所维护）。

她没有同他再叙恋情。

她漫步穿过大街小巷。而他尾随在后，犹如在跟随一位素昧平生的女子。到了一定的时候，他追上她，像在说旁白似的要求她留在广岛。她说“不”。如同所有的人那样拒绝了。她有着一切人所共有的怯懦①。

---

① 有些看过本片的观众认为她“最终”还是留在广岛。这是可能的。我没什么意见。既然已经安排她拒绝留在广岛，我们就不必一心想知道——影片结束时——她是否会违反这个意思。——原注

的确，对他们来说，大局已定。

他不再坚持。

她信步走向车站。他追上她。他们俩像幽灵般四目相视。

从那时起，他们不再交谈片言只语。她动身在即，这使他们陷入凄凉阴郁的沉默中。

这就是爱情。他们只能缄默不语。最后一场戏发生在一个咖啡馆里。观众将看到她同另一个日本男人在一起。

我们看到她所爱的那个男人坐在一张桌子旁，纹丝不动，除了感到深深的绝望，他没有任何其他的反应。这种绝望的情绪在肉体上已超出他所能承受的，而他也只能逆来顺受。就仿佛她已“另有所属”。而他却只能对此表示理解。

黎明时分，她回到自己的房间。过了几分钟，他来敲门。他不能自持，不能避而不来，他抱歉地说：“我不可能不来。”

在房间里，什么也没有发生。他们俩都陷入束手无策的可怕境地。“世俗秩序”的成规还存在着，他们再也不去扰乱他们周围的正常秩序。

他们没有互诉衷肠。再也没有任何举动。

他们只是又一次互相呼唤。呼唤什么呢？内韦尔，广岛。事实上，在彼此心目中，他们仍然谁也不是。他们只拥有地名，这些不是姓名的名字。就好像一个在内韦尔被剃了光头的女子的灾难与广岛的灾难准确地互相映衬。

她对他说：“广岛，这就是你的名字。”

前言

我力求尽可能最忠实地陈述我为阿伦·雷乃导演的《广岛之恋》所做的工作。

但愿读者不要对阿伦·雷乃设计的画面在这项工作中没有被如实描绘出来而感到惊讶。

我的职责只限于把雷乃作为出发点来导演影片的那些因素加以阐述。

不属于原始脚本(五八年七月)的有关内韦尔的那些段落，是影片在法国摄制(五八年十二月)前加上注释的。所以，那是独立于脚本的工作(请看附录：静夜阐释)。

我认为保留一部分在影片中摒弃不用的东西是有必要的，它们能有效地阐明最初的设想。

我把这项工作交给出版社，很遗憾没能用上我们——一方面是雷乃和我，另一方面是热拉尔·雅尔洛[①]和我，还有雷乃、雅尔洛和我三人一起——几乎每天分析脚本的谈话内容来充实它。

我从来不能没有他们俩的忠告，每当我写完一段情节，总要请他们过目，听取他们严厉同时又是清晰的、卓有见识的批评，然后再着手撰写另一个情节。

玛格丽特·杜拉斯

① Gérard Jarlot，影片的文学顾问。

第一部

[影片开始时，比基尼[1]核试验基地上臭名昭著的“蘑菇”云在翻滚升腾。

应该让观众既有初次看到，又有再度看到这股“蘑菇”云的感觉。

“蘑菇”云应该非常雄浑、硕大，成长得十分缓慢，并由乔万尼·菲斯哥的乐曲的开头几个节拍伴奏，烘托出它的翻滚升腾。

随着这股“蘑菇”云在银幕上升腾而起，烟云下面][2]，渐渐呈现出两个赤露的肩膀。

观众只看见这两个肩膀，是被齐头齐腰截去的部分躯体。

这两个肩膀紧紧搂着，上面沾满了灰烬、雨水、露珠或汗水，任人随意想象。

关键在于让人感到这露水或汗水是由[比基尼核试验基地上的]“蘑菇”云在升腾飘逝的过程中洒下的。

这一画面势必造成一种非常强烈、非常矛盾的感觉，既感到清新，又陡生欲念。

两个紧搂的肩膀肤色各异，一深一浅。

菲斯哥的音乐伴随着这一几乎令人反感的紧搂动作。

两只不同的手的差异应该十分明显。

菲斯哥的音乐由强到弱，渐渐隐去，一只[经特写镜头而显得很大的]女人的手放在黄皮肤肩膀上，不再动弹，所谓“放”只是一种说法而已，“抓”似乎更确切些。

一个沉浊而又平静的男人的嗓音诵读般地响起：

他

你在广岛什么也不曾看见。一无所见。

这句话可以随意运用。

一个十分沙哑，也很沉浊的女人的嗓音，似背诵那样没有抑扬顿挫地回答：

她

我都看见了。毫无遗漏。

---

① Bikini，马绍尔群岛最北端的一个珊瑚岛，一九四六年被美国辟为核试验基地。

② 导演阿伦·雷乃在拍摄本片时对剧本作了删改，方括号中的字句均被删去。——原注

菲斯哥的音乐重又响起，此时，女人白皙的手正好又在肩膀上捏紧，松开，爱抚着，并在这黄色肩膀上留下了几个指甲印。

仿佛这指甲的印痕能暗示出，它是对“不，你在广岛什么也不曾看见”这句话的一种惩罚。

然后，女人的声音重又响起，这声音依然平静，毫无生气，像背诵似的：

她

我连医院也看到了。对此，我确信无疑。广岛有医院。我怎么能对此避而不见呢?

医院、走廊、楼梯、病人，在摄影机无情的拍摄下逐一展现在画面上①。（观众在银幕上始终看不到正在观看这一切的她。）

现在镜头又回到那只在黄色肩膀上不停地抓掐的手。

他

你在广岛并没有看到过医院。你在广岛什么也不曾看见。

---

① 雷乃根据十分简略的原始剧本从日本带回大量资料。因此，原始剧本不仅得到了充实，而且在影片剪辑过程中被修改过，增加了许多内容。——原注

然后女人的声音变得更加客观。(含义深奥地)强调每一个字。

此时，博物馆的画面一一展现①。光线刺眼而令人讨厌，同打在医院上的灯光一样。

资料解说牌接连闪出。

原子弹轰炸的种种物证。

支离破碎的各式模型。

一根根扭曲的钢筋。

一张张蜡制的被烧焦的人皮，一堆堆烤糊的头发。

等等。

她

我曾四次去博物馆……

他

广岛的哪个博物馆?

① 镜头有规律地摇回到叠在一起的两个躯体上。——原注

她

在广岛，我曾四次去博物馆。我看见一些人在那里徘徊。因为没有别的东西，人们若有所思地在一幅幅照片和一件件复制品之间徘徊；因为没有别的东西，只能在一幅幅照片、一幅幅照片和一件件复制品之间徘徊；因为没有别的东西，只能在解说牌之间徘徊。

在广岛，我曾四次去博物馆。

我瞧见了游人。我自己也思绪万千地观看了钢筋。经战火焚烧的钢筋。被炸断了的钢筋，变得像肉体那样不堪一击的钢筋。我见到了成束的胞膜：谁会往这方面想呢？那是一张张飘飘荡荡、残存的人皮，还带着清晰的蒙难的痕迹。我看见了一些石块。被烈火烧焦的石块。被炸裂的石块。还有一些不知是谁的一缕缕发丝，那是广岛的妇女们清晨醒来时发现已全部掉落下来的头发。

我在和平广场感到酷热难当。和平广场上热得足有一万度。这我知道。这就是和平广场上太阳的温度。对此，怎能一无所知呢？……至于草儿，那就不消说了……

他

你在广岛什么也不曾看见，一无所见。

博物馆的画面始终在一一展现。

然后，镜头从一幅被烧焦了的头盖骨照片闪到和平广场（广场与这个头盖骨的画面重叠）。

博物馆的展品连同被烧焦的人物模型。

一组有关（回顾）广岛的日本影片的镜头。

蓬头散发的男人。

一名妇女从混乱中冲出，等等。

她

复制品做得尽可能逼真。

影片拍摄得尽可能逼真。

那幻景，显而易见的，是那样逼真，以至游客都潸然泪下。

人们依然会满不在乎，然而，面对此情此景，一个游客除了哭泣，还能做什么呢？

她

[……仅仅是哭泣而已，以便忍受所见所闻中的这番惨景。还有，伤心够了走出博物馆，却还不至于丧失理智。]

她

［游客在那里驻足沉思。我们想必可以说，凡能发人深思的种种机会总是精心炮制的，这么说并无丝毫讽刺的意思。然而，那些纪念性建筑，尽管人们有时会对它们一笑了之，却是这些机会的最好借口……］

她

［在这些发人深思的机会……通常，用这种豪华的排场把发人深思的机会提供给你们时，你们倒反而什么也不想了……这是千真万确的。尽管如此，假设别人正在沉思默想的这一景象还是挺鼓舞人的。］

她

我始终在为广岛的命运而哭泣。始终在哭泣。

银幕上映出一张根据一幅照片拍摄而成的广岛全景。这幅照片系广岛经过原子弹浩劫后所摄，那是一片不同于地球上其他沙漠的“新型荒漠”。

他

不。

你竟会为此而伤心流泪?

闪现出和平广场的画面。在夺目的阳光下，广场上空空荡荡，这炎日使人回想起炫目的原子弹火球。然而，在这片空寂处，再一次响起了男人的声音。

有人(在午后一点钟?)在这空空荡荡的广场上游荡。

一九四五年八月六日以后摄制的新闻记录片进入画面。

蚂蚁、蚯蚓纷纷钻出地面。

继续交替映出两个肩膀的画面。女人的声音重又响起，这声音变得惊慌失常，与此同时，一幅幅画面也变得凌乱、快速，异常疯狂。

她

我看了新闻记录片。

第二天，这是史料记载，并非我胡编乱造，从第二天起，一些有名有目的动物重又从地底下和灰烬深处钻了出来。

一些狗被照了相。

从此要流芳百世了。

我都看到了。

我看了新闻记录片。

我看过这些影片。

第一天的影片。

第二天的影片。

第三天的影片。

他（打断她的话）

你什么也没有看见。一无所见。

一条断肢残体的狗。

人群、儿童。

伤口。

被烧得哇哇嚎叫的儿童。

她

……还有第十五天的影片。

广岛重又遍地鲜花。到处是矢车菊和菖兰，还有牵牛花和三色旋花，这些花以花卉中迄今未见的非凡活力从灰烬中复活。[1]

她

我丝毫没有胡编乱造。

他

这一切，全是你胡编乱造。

她

丝毫没有。

如同这种在爱情中的幻觉，这种使人永远不会忘怀的幻觉还存在那样，在广岛面前，我同样也产生了我将永远忘怀不了的幻觉。

如同在爱情中那样。

外科手术钳接近一只眼睛，要把它挖出来。

新闻记录片在继续播放。

---

① 这句话几乎是只字不漏地从埃尔歇那篇关于广岛的出色报道中抄来的。我只不过是把它转用到殉难的儿童身上而已。——原注

她

我也见到了广岛的一些死里逃生的人和当时还在娘胎里的婴儿。

一个俊美的男孩朝我们转过脸来。我们看到的却是个独眼童。

一个皮肤烧伤的少女在对镜自怜。

另一个双手扭曲的盲女在弹奏齐特拉琴。

一位妇女在奄奄一息的儿女们身旁祈祷。

一个男人因若干年来无法入睡而备感痛苦。(别人每周一次,领他的孩子来探望他。)

她

我看见了广岛的一些暂时的幸存者以耐心、无辜和明显的温顺,顺从了如此不公正的命运,以至他们平时极为丰富的想象力已在这残酷的现实面前泯灭了。

镜头总是摇回到两个尽情搂抱的躯体上来。

她(低声)

听……

我知道……

我全都知道。

那种事还在继续。

他

你什么也不知道。

原子弹的烟云。

原子弹的碎屑在飞舞。

街上,人们在雨中行走。

遭受原子辐射的渔夫们。

一条不能食用的鱼。

成千上万条不能食用的鱼被埋在地下。

她

女人们恐怕会生育畸形儿,乃至怪物,但那种风流事还继续干。

男人们恐怕会患上不育症，但风流事还继续干。

下雨令人害怕。

太平洋水面上尘雨阵阵。

太平洋上的渔民们死于非命。

太平洋的水致人死命。

食物令人心生恐惧。

一座城市的居民把全城的食物都扔掉。

许多城市的居民把全城的食物都埋在地下。

整座城市的居民义愤填膺。

许多城市的居民都义愤填膺。

新闻记录片的镜头：示威游行的队伍。

她

全城上下的愤怒是针对谁呢？

各座城市的居民，不管他们同不同意，原则上都是冲着某些国家的人欺凌别国人的不平等行径在发怒，冲着某些人种欺压其他人种的不平等行径在发怒，冲着某些阶级欺压其他阶级的不平等行径在发怒。

示威群众的游行队伍。

扩音喇叭发表的“无声”的演说。

她（低声）

……听我说。

和你一样，我会遗忘的。

他

不，你不会遗忘。

她

和你一样，我记忆力很好。但我会遗忘一切。

他

不，你记忆力不好。

她

和你一样，我也曾经试图竭尽全力同遗忘作斗争。和你一样，我忘记了一切。和你一样，我曾经渴望拥有一段难以慰藉的回忆，一段对影子和碑石的回忆。

“被拍摄下来”的影子映在广岛一位死难者的墓碑上。

她

为了我自己，我曾竭尽全力，每天同那种根本不再懂得为何要回忆往事的恐惧心理作斗争。和你一样，我忘记了……

在一些店铺里摆着一百来个被炸毁的工业馆的模型；工业馆是仅剩的一座纪念性建筑，它那扭曲了的屋架在轰炸后依然耸立着——从那以后，就这样被保存了下来。

一爿被遗弃的店铺。

日本游客的游览客车。

游客，和平广场。

穿越和平广场的一只猫。

她

记忆显然是必不可少的，为什么要否认呢？……

这句话伴随着工业馆残骸的画面如朗诵般响起。

她

……听我说。我还知道。这种惨剧还将重演。

二十万人死于非命。

八万人受伤。

这一切发生在九秒钟内。这些数字是官方公布的。这种惨剧还将重演。

成荫的树木。

教堂。

驯马场。

重建的广岛。平庸的景物。

她

地面上的温度将高达一万度。就像有一万个太阳在照耀。沥青将会燃烧。

教堂。

日本式的祈求。

她

将是一片极度的混乱。整个城市将被从地面掀起，然后，崩塌成灰烬……

一片沙土。一包“和平”牌香烟。一棵肥厚的植物犹如蜘蛛一般趴在沙土上。

她

一些新生植物从沙土下破土而出……

四名“死气沉沉”的大学生在河畔聊天。

河流。

潮汐。

重建后的广岛堤岸的日常景象。

她

……四名大学生情同手足，一起在等待传奇式的死亡。

大田川的河口湾呈三角形，河口湾的七条分支在惯常的时刻里时而水枯，时而水涨；它们刚好在惯常的涨潮时间贮满了多鱼的清水；随着不同的时辰和季节，这河水时而灰混，时而清澄。此时，大田川三角形的河口湾的七条分支里潮水正在慢慢地上涨，而人们不再沿着泥泞的堤岸观赏涨潮的景色了。

朗诵般的画外音停止。

广岛的街道，依然是一条条街道。一座座桥梁。

盖顶的通道。

街道。

郊外。火车轨道。

郊外。

普通的一般性景物。

她

……我遇见你。

我记得你。

你是谁？

你害了我。

你对我真好。

我怎么会怀疑这座城市生来就适合恋爱呢?

我怎么会怀疑你天生就适合我的肉体呢?

你中我的意。多了不起的事情。你使我高兴。

突然，何等的缓慢。

何等的温柔。

你不可能明白。

你害了我。

你对我真好。

你害了我。

你对我真好。

我有时间。

我求你了。

吞噬我吧。

把我弄得变形，直至丑陋不堪。

你为什么不这样?

在这座城市里，在今夜这个与别的夜晚何其相似的良宵，你为什么不这样?

我求你了……

猛然间，画面上出现一张十分温柔的女人的脸，这张脸向男人的脸伸去。

她

你的皮肤真是太好了。

男人发出一声幸福的呻吟。

她

你……

日本男人的脸在欣喜若狂的笑声中随着女人的脸出现在银幕上，他笑得让人无法形容。他转过身来。

他

我，是的，你会把我看得一清二楚。

两个裸露的身躯呈现出来。与刚才相同的女人的声音响起，十分低沉，但这一次并不带有朗诵似的夸张腔调。

她

你是地地道道的日本人，或并不完全是日本人？

他

我是地地道道的日本人。

他

你有一双绿眼睛。是吗？

她

哦，我想……是的……我想我的眼睛是绿色的。

他注视她。轻声说：

他

你仿佛集千名女子于一身……

她

那是因为你不了解我。就是这个缘故。

他

也许并不尽然。

她

为了你而集一千名女子于一身，这倒并不使我不乐意。

她吻他的肩膀，把脑袋靠在他的肩窝里。她的脑袋侧向敞开的窗户，侧向广岛，侧向茫茫黑夜。一个男人从街上走过，在咳嗽（画面上看不见他，只听见声响）。她站起身来。

她

你听……四点钟了……

他

怎么啦?

她

我不知道这个人是谁。他每天清晨四点钟从这儿经过，而且，他还咳嗽。

静默。他们四目相视。

她

你，你当初在这里，在广岛……

他笑了起来，仿佛在笑她孩子气。

他

不……当然不在。

她又一次抚摸他赤裸的肩膀。这肩膀确实很美，从未受过损伤。

她

哦。真是……我真愚蠢。

她几乎面带微笑。

他突然盯着她，神情严肃，犹豫不决，然后，他终于对她说了：

他

我的家，当时就在广岛。我去打仗了。

她停止抚摸他肩膀的动作。

这一次，她微笑着怯生生地问他：

她

算你走运，是吗？

他收起注视的目光，在斟酌着究竟回答“是”或

“不是”：

他

是的。

她非常恳切而又确定无疑地补充一句：

她

我也很走运。

稍停片刻。

他

你为什么来广岛？

她

拍一部影片。

他

什么，一部影片？

她

我在一部影片里扮演一个角色。

他

那么，来广岛之前，你在哪儿？

她

在巴黎。

再稍停片刻，停顿的时间更长些。

他

在巴黎之前呢？……

她

在巴黎之前吗？……我在内韦尔。内——韦——尔。

他

内韦尔？

她

在涅夫勒省。你并不熟悉。

稍停。他仿佛刚刚发现广岛-内韦尔的某种关联，问道：

他

你为什么要到广岛来看这一切呢？

她尽力真诚地回答：

她

我对它感兴趣。在这方面，我有我的想法。譬如，想好好看看。我认为那是颇有教益的。

第二部

马路上，自行车成群结队，飞速而过，车声由强到弱。

她身穿浴衣，站在旅馆房间的阳台上。她瞅着他，手里拿着一杯咖啡。

他还在睡觉。他双臂交叉着，俯卧在床上。腰带以上的部分赤裸着。

［一道阳光透过窗帘射进房里，在他背上形成一个小小的光符，仿佛是两根交叉的短短直线(或两个椭圆形的斑点)。］

她异常专注地瞅着他的双手。这两只手像睡着了的孩子的手似的，有时在轻微地抖动。他的手很美，显得刚劲有力。

就在她注视这个日本男人的双手时，猛然间，一个年轻男人的躯体浮现在他躺着的位置上，取代了他。这躯体虽然以同样的姿势躺着，但已濒临死亡，而且是躺在烈日当头的河岸上。(房间里光线十分昏暗。)这个青年奄奄一息。他的双手长得也很美，同日本人的那双手像得出奇。这两只手因临终的痉挛而抖动。［看不见该男子所穿的衣服，因为一位年轻女子正嘴贴着嘴趴在他的身上。泪水从她的眼中簌簌流下，鲜血从他的口中汩汩涌出，泪水和鲜血混合在一起。]

[女人——这个女人——紧闭着双眼。她伏在男人身上，而那奄奄一息的男人则两眼呆滞。]

画面持续的时间很短。

她背靠窗户，一动不动地保持这一姿势，正在发呆。他醒了。他冲着她微笑。她并没有立即向他报以微笑。她继续专心致志地看着他，并没有变换姿势。然后，给他端来咖啡。

她

你要咖啡吗?

他表示同意，接过杯子。稍停片刻。

她

你刚才梦见了什么?

他

我记不清了……怎么?

她恢复自然的态度，变得非常非常亲切。

她

我刚才看着你的手。你睡着时，手还在动。

现在，轮到他带着惊讶的神色看他自己的双手，也许还下意识地抖动十个指头，玩弄着。

他

人在做梦时，也许是毫无意识的。

她平静而可亲地做了个表示疑惑的手势。

她

嗯，嗯。

他们在旅馆房内浴室里一起淋浴。他们很快乐。

他把手放在她额头上，因用力较猛，以至使她的头往后仰。

他

你是个漂亮女人，你知道吗?

她

你这么认为?

他

我是这么认为的。

她

有点疲倦。不是吗?

他在她脸上捏了一下，使脸变了形。放声而笑。

他

有点丑。

她在他的爱抚下嫣然而笑。

她

没事儿吧?

他

这正是我昨天在咖啡馆注意到的。你丑的模样。还有……

她(显得非常轻松)

还有什么?……

他

还有你厌烦的神色。

她对他做了个表示好奇的动作。

她

再给我说说……

他

你厌烦的模样让男人产生一种想要认识一个女人的欲望。

她莞尔一笑，垂下眼帘。

她

你法语讲得很好。

他的语气十分高兴：

他

是吗？我很高兴，你终于发觉我法语讲得挺好。

稍停片刻。

他

可我，我原先并没注意到你不会讲日语……

你是否发现，人们总是在相同的感觉中觉察到一些事物？

她

不，我发现了你，仅此而已。

笑声。

洗完澡，头发湿漉漉的，她从容地吃苹果。身上穿着浴衣。

她走到阳台上，瞧着他，伸伸懒腰，然后，仿佛要“弄清”他们的处境，怀着一种玩字游戏的“乐趣”，慢条斯理地说。

她

在——广岛——相识。这种事并非天天都有。

他已经穿好衣服（只穿衬衫，敞着领子），到阳台找到了她，坐在她对面。

稍作犹豫，问道：

他

你在法国时，广岛对你意味着什么？

她

战争结束，我想说战争彻底结束，……想到他们居然敢……我就惊慌失措……想到他们居然成功了，同样惊慌失措。然而，对我们来说，也是一种未知的恐惧的开始。然后，麻木不仁，而又害怕麻木不仁……

他

那时，你在哪儿？

她

我刚离开内韦尔。我在巴黎。在马路上。

他

内韦尔，这可是个好听的法国地名。

她并没有立即答话。

她

跟别的地名一样。跟城市一样。

她离去。

他坐在床上，点燃一支烟，目不转睛地瞅着她。

[她穿衣的身影时而投在他的身上。这时，她的身影正好落在他的身上。]他问道：

他

你在广岛结识了许多日本人？

她

啊，结识了一些，是的……但像你这样的……（断然地）却没有……

他微微一笑。神情快活。

他

我是你平生第一个日本情人？

她

是的。

能听见他的笑声。她在梳洗中又走了出来，并（一板一眼地）说：

她

广——岛。[我必须闭上眼睛才能回忆起来……我想说，在来这里之前，我在法国是怎样记起广岛的，我那时想起了它。伴随着回忆，总是有一个相同的经历。]

他垂下眼睛，十分平静。

他

那时候，全世界的人都欢欣雀跃，你也和全世界的人一样高兴吧。

用同样的语气继续说。

他

我听说，那天在巴黎是一个美妙的夏日，不是吗？

她

是的，那天天气很好。

他

当时，你多大？

她

二十岁。你呢?

他

二十二岁。

她

年龄相当，是吧?

他

总之，差不离。

她穿好衣服走了出来，此时，她正在把护士帽戴正(因为她就是以红十字会护士的身份出现的)。她猛地蹲在他身旁，或躺在他身旁。

开始日常的对话。

她

你，你平时干什么呢?

他

搞建筑。也搞政治。

她

啊，就因为这个缘故，你的法语才讲得那么好?

他

正是如此。就是为了阅读有关法国大革命的书。

他们放声大笑。

她并不感到惊奇。要弄清他所搞的政治是绝对不可能的，要不然，她马上会被贴上标签。再说，她也会显得很幼稚。别忘记，只有左派人士才会说出他刚才所说的那番话。

事情必将立即被观众这样理解。尤其在他讲了关于广岛那番话之后。

他

你演的是什么影片？

她

一部关于和平的影片。

假如不是一部关于和平的影片，那你要我们在广岛拍摄什么呢？

许多自行车结队而过，车声震耳。［他们又生欲念。］

他

我想再见到你。

她做了个“不”的手势。

她

明天这个时候我就要启程回法国了。

他

真的？你早不跟我说。

她

真的。（稍停）我没必要告诉你。

惊愕之余，他变得严肃起来。

他

就因为这样，你昨天晚上才让我到你房间里来的？……因为这是你在广岛的最后一天？

她

根本不是。我甚至没往那儿想过。

他

你说这话时，我真不知道你究竟是在撒谎还是在说真话。

她

我在撒谎。然而，我说的也是真话。但是，对你，我没有理由撒谎。为什么要撒谎呢？……

他

告诉我……像这类逢场作戏的事……你经常有吗？

她

不那么经常。不过，还是有的。我很喜欢男人……

稍停片刻。

她

你要知道，我的道德观念很成问题。

她微微一笑。

他

你所说的道德观念成问题指的是什么?

语气轻松。

她

怀疑别人的道德。

他大笑。

他

我想再见到你。即便飞机明天早上就起飞。即便你的道德观念成问题。

稍停片刻。爱情复萌的片刻。

她

不。

他

为什么?

她

不为什么。(恼火)

他不再吭声。

她

你不再想跟我说话了吗?

他(稍停片刻后)

我想再见到你。

他们在旅馆的走廊上。

他

你回法国哪儿？去内韦尔吗？

她

不，回巴黎。（稍停）内韦尔，不，我永远不再回内韦尔。

他

永远不回？

他这么说时，她做了个鬼脸。

她

永远。

脱口而出。

［内韦尔是让我伤心的一座城市。］
［内韦尔是我不再喜欢的一座城市。］

[内韦尔是使我害怕的一座城市。]

她似乎投入进去了，又补充说。

她

我一生中最年轻的时候是在内韦尔。

他

年轻时——在——内——韦——尔。

她

是的。年轻时在内韦尔。然而，在内韦尔曾一度发疯。

他们在旅馆前踱来踱去。她在等候来接她去和平广场的汽车。旅馆前是一条大街。街上行人稀少，但来往的汽车驶过，根本不停。车声轰鸣，对话几乎是喊出来的。

她

你瞧，在这个世界上，内韦尔是我最魂牵梦萦的城市和对象，我连晚上做梦也最经常梦见它。同时，它却是我最少想念的事物。

他

你在内韦尔发疯是怎么回事?

她

你知道，疯狂就同智慧一样。是解释不清的。完全跟智慧一样。它一旦落在你身上，就占满了你的身心，那时，你就理解了它。但是，当它离开了你，你压根儿就再也理解不了它喽。

他

你那时候很凶狠吗?

她

我发疯时就是挺凶狠的。我那时真是凶疯了。我觉得可以以凶狠来干一番事业。我失去了理智，光知道凶狠待人。你明白吗？

他

明白。

她

你的确也该懂得这种事。

他

你再也没有重新犯病吗？

她

没有。已经结束了(很低声)。

他

是战争期间发生的事吗？

她

战争刚结束的时候。

稍停片刻。

他

这是战后法国人生活中所遇到的困难的一部分?

她

是的，可以这么说。

他

你那疯病是什么时候治好的?

声音太低，仿佛早就应该这么说:

她

慢慢好起来的。后来，当我有了孩子……病也就不可避免地好了……

汽车声由强到弱，恰好同话语的重要性成反比。

他

你说什么？

扯着嗓门喊，仿佛说不上来似的。

她

我说，慢慢好起来的。后来，当我有了孩子……病也就不可避免地好了……

他

我真想同你一起到某个地方待上几天。就那么一次。

她

我也这么想。

他

今天再见到你也谈不上是重逢。在如此短暂的时间内再见面，并不是朋友叙旧。我希望与你再相聚。

她

不。

她在他面前站住，一动不动，沉默不语，神情固执。

他差不多同意了。

他

好吧。

她笑了，但有点勉强。

她流露出怨恨情绪，虽然很轻微，但很真实。

出租车驶来。

她

那是因为你知道我明天要动身了。

他跟她一起笑了，但笑得不如她厉害。笑声收起，稍停片刻。

他

可能是出于这一原因。但这毕竟是理由之一，不是吗？一想到几个小时以后就再也见不到你……永远也见不到你了……我……

汽车驶抵，停在十字路口上。她做了个手势，示意马上就来。她从容不迫，瞅着日本人，说：

她

不。

他目送她离去。也许在微笑。

第三部

下午四点钟。广岛和平广场。一群扛着摄影机、聚光灯和反光屏的电影技师结队远去。一些日本工人在拆卸刚用来当作电影最后一组镜头的背景的主席台。

一点重要说明：人们将总是远远看见技师们，却始终不知道他们在广岛拍什么影片。大家总是只看到工人们正在拆卸的电影布景。[也许，至多只知道片名。]

置景工们扛着用日语、法语、德语等各种文字写就的“广岛惨剧永不重演”的标语牌，走来走去。

工人们正忙于拆卸观礼台和取下标语。我们重又在布景棚里看到那个法国女人。她在睡觉。头上戴的护士帽半歪着。她伸着身子躺着，脑袋[靠在一块拍电影时用过的大标语牌的支柱上][上面盖着某件东西或藏在看台的阴影处]。

大家都明白，他们刚在广岛拍好一部颇有教益、关于和平的影片。它未必是一部荒唐可笑的影片，只不过是一部具有建设性意义的影片而已。人群从刚拍好影片的广场旁走过。这股人流对拍片无动于衷。除了几个孩子，没有人围观，广岛的居民对拍摄有关广岛的影片早已司空见惯，习以为常。

然而，一个男人路过此地，他停住脚步，东张西望。此人便是我们刚才在法国女人所住的旅馆房内看到的那个日本男人。

日本男人走到护士身旁，目不转睛地看着她睡觉。日本男人的目光久久盯在她身上，末了，这逼视的目光把她弄醒了。

在这场戏里，观众也许会看到一些细节。譬如，远处有一座工业馆的模型。[一个被日本游客围住的导游]，[一对身穿白色衣服的因战争而致残的伴侣伸着脑袋在哀求施舍]，[有一家人在街角起劲地聊天]……

她醒了。倦意已消。观众一下子又堕入他们俩的私人故事里。这私人故事总是把必然带有论证色彩的广岛故事压倒。

她站起身，朝他走去。他们相视而笑，但适可而止。然后，他们重又变得神色严肃。

他

在广岛，要重新找到你真是易如反掌。

她面露幸福的笑容。

稍停片刻。他重又注视她。

两名或四名工人扛着一幅放得很大的照片从他俩中间走过，那是影片《广岛儿童》的一张巨幅剧照，剧照上展示出母亲被炸死，男孩正在硝烟滚滚的广岛的废墟上嚎啕大哭的场景。他们没去看这幅被人扛走的剧照。另一幅展现爱因斯坦伸舌头的照片闪过。它紧跟在那幅母子受难的剧照后面。

他

拍的是一部法国影片？

她

不，是一部国际性影片。有关和平的影片。

他

拍完了吧。

她

对我来说，是的，我的戏拍完了。他们还要拍些群众场面……还有不少肥皂广告片要拍。那……也许是努力地……

他对自己在这方面所持的观点十分自信。

他

不错，是在努力地表现。这里，在广岛，大家对和平题材的电影决不会掉以轻心。

他朝她转过身去。那几张剧照已完全在眼前消失。他们本能地相互靠拢。她重新戴正那顶打盹时弄歪的护士帽。

他

你累吗?

她撩人而又温柔地瞅着他。带着一丝明显的苦笑说：

她

跟你一样。

他带着毋庸置疑的神情盯视她，对她说：

他

我想到了法国的内韦尔。

她莞尔而笑。他补充道：

他

我也想念你。

他又补充道：

他

你依旧乘坐明天的班机回国吗？

她

还是明天的班机。

他

非得明天走?

她

是的。拍片进度已经耽误了。家里人在巴黎等我已有一个月了。

她盯着他的面孔。

他慢慢地摘掉她的护士帽。(或者,她浓妆艳抹,唇膏颜色那么深,以至双唇显得发黑。或者,她略施脂粉,阳光下,显得面无血色。)

男人的举动很放肆,也很从容。观众想必会感受到与影片开始时一样的色情冲击。她和昨晚在床上一样披头散发地出现在画面上。她任凭他摘掉她的帽子,由他摆布,就像她昨晚听凭自己做爱那样。(这里,让她有一种色情方面的官能作用。)

她双目低垂,令人难以理解地撅着嘴,拨弄着地上的某个东西。

她抬起头盯着他。他非常缓慢地说话。

他

你使我产生十分强烈的爱的欲望。

她并没有立即回答。她垂下眼帘，这番话引起她内心的纷乱。是和平广场的那只猫在她脚跟前玩儿吗？她低垂着双目，也十分缓慢（同样缓慢）地说话。

她

总是……萍水相逢的……爱情……我也一样……

一样特殊的、性质不明的东西在他们之间闪过。我看见一个形状清晰的木框（与原子弹有关？），但完全说不上其用途。他们并不去看它。他说：

他

不。并不总是那么强烈的。这你知道。

远处传来一阵阵喊叫声。然后是儿童的歌声。然而，他们并不因此而分心。

她做了个令人难以理解的(用“不得体的”也许更确切)鬼脸。她又抬起眼睛，但这一次是抬头望天。然后，她擦擦满是汗水的额头，再一次说出令人费解的话来。

她

好像天黑之前要下雷雨了。

我们看到她所看见的天空。乌云滚滚……歌声清晰。然后，游行(开始)收场。

他们向后退。她站在他的前面(姿势就像杂志上的妇女一样)，一只手搭在他的肩上。他的脸贴着她的头发。当她抬起头来，正好看到他的脸。他将试图拉她远离游行队伍。她会抗拒。但是，她几乎“不由自主”地同他一起走开。然而，看见一群儿童，她[干脆停住脚步，仿佛入了迷]。

举着标语牌的年轻人的队伍。

第一组标语牌

第一块标语牌：如果一枚原子弹相当于两万枚普通炸弹。

第二块标语牌：如果氢弹的杀伤力相当于原子弹的一千五百倍。

第三块标语牌：那么，目前世界上所制造的四万枚原子弹和氢弹相当于多少？

第四块标语牌：如果在地球上扔下十枚氢弹，人类历史就要倒退到史前时代。

第五块标语牌：四万枚氢弹和原子弹意味着什么？

第二组标语牌

一，这种不可思议的成果归功于人的科学才智[①]。

二，遗憾的是人的政治才能比其科学才智差一百倍。

三，我们已落到了无法赞赏人的地步。

[或者，第二组标语牌

第一块标语牌：一张蚂蚁的照片。我们不怕氢弹。

第二块标语牌：这是欧洲一亿六千万工会会员的呐喊。

第三块标语牌：这是广岛十万名遇难者的呼声。]

妇女、男人跟随着引吭高歌的儿童。

狗儿在儿童身后奔跑。

---

① Inteligence：雷乃故意犯的遗漏错误。（正确的拼写应为 Intelligence。）——原注

猫儿蹲在窗台上。（和平广场的那只猫已经对游行习以为常，正在呼呼大睡。）

一组组标语牌。

所有的人都热得要命。

游行队伍的上方，天空阴沉沉。太阳被乌云遮住。

儿童人数众多，个个长得俊美。他们感到很热，却依然怀着童贞的赤诚引吭高歌。那个日本男人不可抑制地，几乎是不知不觉地把法国女子朝游行队伍的[同一方向]或[反方向]推去。

法国女子[见到列队游行的儿童时]闭上眼睛，发出一声呻吟。随着这声呻吟，日本男子像窃贼似的很快说：

他

我不愿去想你明天就要启程。我觉得，我爱上了你。

法国女子继续发出呻吟，以至这连续的呻吟变成受爱情煎熬的呻吟。日本男子把嘴伸进她的头发中，悄悄地咬她的发丝。搭在肩上的手越捏越紧。她慢慢睁开眼睛。

游行在继续。

儿童们满脸涂着白粉。汗水在滑石粉上凝成晶莹的珍珠一般。其中两名儿童在争夺一只橘子。他们怒气冲冲。

她

［为什么把孩子们的脸涂成这个模样？］

他

［为了使广岛的孩子们彼此相像。］

［这些话是针对孩子们说的。］

［（或把日本人说的话打成字幕。）呼口号声。］

她

［为什么？］

他

［因为被烧伤的广岛儿童都相像得如出一辙。］

一名假扮成被烧伤的人走过，他大概在影片中扮演角色。他脸上的白粉已脱落，随着汗水融化在颈脖上。这模样令人恶心，非常可怕。

他们摇着头，相对而视。他说：

他

你再跟我去一次吧。

她没有回答。

一名动人的日本女子经过。她坐在一辆彩车上。几只鸽子从她黑色上衣里(乳房隆起部位)①展翅飞出。

他

回答我。

她不予回答。他俯下身来，在她耳边问：

他

你害怕了?

① 雷乃则选用了一只花球。——原注

她微微一笑。摇头否认。

她

不。

[猫儿看见鸽子从女人的上衣飞出，蠢蠢欲动。]

孩子们稚气的歌声在继续回荡，但已渐渐减弱。

一名女辅导员在斥责那两名争夺橘子的儿童。大的那个夺过橘子，小的那个则放声痛哭。那个大孩子开始吃橘子。

这些镜头都要比一般的镜头持续得久些。

在那个哭哭啼啼的孩子身后，来了五百名日本大学生。显得十分拥挤，秩序混乱，有些令人厌倦。他趁着这一阵新的混乱，把她拉过来紧贴在自己胸前。他们的目光中流露出忧伤的神色。他看着她，而她则看着游行队伍。观众想必会感觉到这游行队伍夺走了他们剩余的时间。他们彼此不再说任何话。他握住她的手。她听任他摆布。他们逆着游行队伍的人流挤出去。最后，不见他们的身影①。

① 雷乃让他们“消失在人群中”。——原注

我们重又看到她站在一栋日式住宅的一个大房间中央。百叶窗已放了下来。光线柔和。继游行时所感受的炎热之后，这里给人一种凉爽的感觉。住宅很现代化。房间里放有椅子等家具。

法国女人像客人似的站在那里。她几乎心慌意乱的。他从房间尽里头向她走来(我们可以假设他刚关上门，或者刚从车库走来。这一细节无关紧要)。他说：

他

请坐。

她并没有坐下。他们俩仍然站着。我们感到，在他们之间，情欲暂时受到爱情的阻碍。他面对她站着。他在这种状态下，几乎显得笨拙。他这种举动与一个男人碰上意外好事时的所作所为正好相反。

她发问，但只是为了找话说：

她

你独自一人住在广岛吗？……你的妻子，她在哪儿？

他

她在温泉那儿，在山上。我现在只身一人在这里。

她

她什么时候回来？

他

这几天。

她继续低声说，仿佛在旁白。

她

你的妻子，她长得怎么样？

他瞅着她，故意说。

（在这里，说话的语调不是什么问题。）

他

很美。我是个跟妻子在一起过得很幸福的男人。

稍停片刻。

她

我也是个跟丈夫在一起过得很幸福的女人。

这句话是怀着真挚的激情说的，但这种情绪瞬间就被掩饰起来。

他

……这原本就很容易理解的。

（这时，电话铃响。）

他走到她身旁，就像朝她扑过去似的。她见他疾步朝她走来，说：

她

你下午不工作吗?

他

是的。事情很多。尤其是在下午。

她

这真是个荒诞的故事……

就好像她在说“我爱你”。

他们在电话铃声继续响的时候亲吻。

他不去接电话。

她

你是为了我而耗费了这一个下午的时间?

他始终不去接电话。

她

可是，你说，这会有什么结果呢？

在广岛。[他们俩一丝不挂，一起躺在一张床上。]室内的光线已经变换。做爱之后。一段时间已经过去。

他

你在战争时期爱上的那个男人是法国人吗？

在内韦尔。一个德国人在暮色中穿过广场。

她

不……他不是法国人。

在广岛。性爱得到满足后，她极其疲乏，摊手摊脚地躺在床上。投在他们身上的光线更暗了。

她

是的，那是在内韦尔。

在内韦尔。几个表现在内韦尔的爱情镜头。骑着自行车飞驶。树林。几处废墟，等等。

她

我们先是在谷仓会面。后来在废墟中相会。再后来在房间里。反正处处都去。

在广岛。房间里的光线更暗了。我们又看到他们几乎是平静的拥抱姿势。

她

然后，他死了。

在内韦尔。几个内韦尔的镜头。一条条河流。一段段堤岸。迎风摇曳的白杨树，等等。

阒无人迹的堤岸。

花园。

现在，在广岛。我们［几乎在苍茫的暮色中］重又看到他们。

她

我那时十八岁，他二十三岁。

在内韦尔。夜里，在一间小木屋里，举行内韦尔式的“婚礼”。

（在内韦尔的镜头一一映出时，我们只是让她回答。向她提的问题都是“理所当然”，“不言而喻”的。）

内韦尔的镜头，答话，总是贯串一起。内韦尔的镜头证实她的回答。末了，她平静地说：

她

为什么不讲点别的，光讲他？

他

为什么不呢？

她

不。为什么?

他

由于内韦尔，我才能开始了解你。因此，我在你一生所经历的成千上万件事情中选择了内韦尔。

她

像选择其他事物一样?

他

是的。

能看出他在撒谎吗?只不过是怀疑而已。她变得几乎粗暴了，一心想寻找能说的话题(这时有些犯疯)。

她

不。这决非偶然。（稍停）。你应该告诉我为什么。

他可以回答如下（对于影片来说，这一点很重要）。或者：

他

我是这样理解的，我觉得你当时如此年轻……年轻得你还没有确切地属于哪个人。我喜欢这样。

或者：

她

不，不是这么回事。

他

我是这样理解的，我以为，我险些……失去你……而且。我很可能永远也不认识你。

或者：

他

我是这样理解的，我认为你大概已经开始成为今天的你了。

（在上述三句接话中选择一句，或者三句全用①，具体用法可根据床上的性爱动作而定，或三句接连使用，或分开使用。我更喜欢后一种办法，假如这样做不会使这场戏过于冗长的话。）

［内韦尔的镜头最后一次连续展现。这些画面以故意平庸的方式接二连三地映出。同时，这些画面又让人害怕。］

镜头最后一次重又回到他们身上。［天色已黑。］她说话。她大声喊叫。

---

① 雷乃选择了把三句接话全都用上，而不是在三句中选用一句。——原注

她

我要离开这里。

与此同时，她几乎野蛮地紧紧抓住他不放。

他们穿好衣服，待在刚才的房间里。现在，这房间已被照亮。他们两人都站着。他平平静静地说……

他

现在，在你临走之前，我们只有消磨时间了。离飞机起飞还有十六个小时。

她心烦意乱，苦恼地说：

她

时间太长了……

他温柔地回答：

他

不。你不必害怕。

第四部

在广岛，夜幕降临，河面上泛起一道道波光。

河水随着潮汐在不同时辰涨落。人们有时沿着泥泞的河岸观赏潮水缓慢上涨的景色。

一家咖啡馆面对着这条河。这是一家现代化的咖啡馆，因装有巨大的落地窗而显得很有美国特色。当顾客坐在咖啡馆深处时，就看不见河岸，只能看见河身。河口的轮廓隐隐约约，模糊不清。广岛就在那儿告终，太平洋就在那儿开始。咖啡馆里有一半位置空着。他们在店堂深处的一张桌旁面对面地坐着，或脸贴脸，或额碰额。刚才画面隐没时，他们因想到离永别还剩十六小时而忧伤。现在，我们又在画面上看到他们时，他们几乎是喜气洋洋的了。时间在不知不觉中流逝。发生了一个奇迹。什么奇迹呢？就是内韦尔又成为他们的话题。他在这种热恋的姿态中所说的第一句话就是：

他

在法语里，内韦尔这个词没有任何别的含义吗?

她

没有任何含义。没有。

他

如果我们俩相爱，那你在内韦尔的这个地下室里会感到冷吗?

她

我会感到冷的。在内韦尔，地下室都很冷，无论夏天还是冬天，都很冷。这座城市是沿着一条被人叫做卢瓦尔的河流而筑起的。

他

我无法想象内韦尔的样子。

内韦尔的镜头。卢瓦尔河的镜头。

她

内韦尔是座小城。只有四万居民。建造得像座首府——(但是)连一个小孩也能环城走上一圈的。(她挪开身去。)我在内韦尔出生(她喝酒),我在内韦尔长大。我在内韦尔念书。我就是在那儿度过了二十个春秋。

他

那么,卢瓦尔河呢?

他双手捧着她的头。

内韦尔的镜头。

她

那是一条压根儿不能通航的河流。由于水流曲折,沙洲众多,河面上总是空荡荡的。在法国,卢瓦尔河被视为一条非常美丽的河流,尤其是因为水光柔和……那光线是那么柔和,要是你知道就好了。

心醉神迷的语调。他松开捧住她脑袋的手，专注地聆听着。

他

你在地下室的时候，我已经死了？

她

你已经死了……而且……

内韦尔：德国男子在堤岸慢慢地死去。

她

……怎么能忍受这样的痛苦呢？

她

地下室是很小的。

为了用手比划地下室有多小，她把贴在他面颊上的脸庞移开。然后，她继续说下去，她的脸虽然和他的脸靠得很近，但已不再紧贴了。没有任何一句咒语。她热切地向他诉说。

她

……非常小。

她

《马赛曲》的歌声从我头顶飘过……这歌声……震耳欲聋……

她在（广岛）这家咖啡馆里捂住耳朵。突然，咖啡馆里一片深深的寂静。

内韦尔的地下室。丽娃鲜血淋淋的双手。

她

在地下室里，我的双手变得毫无用处。它们在墙上搔。它们在墙上刮破了皮……直到出血……

内韦尔某处，一双血淋淋的手。镜头一转，放在桌子上的双手，完好无损。

在内韦尔，丽娃在舔自己的血。

她

……这就是我惟一能找到的可做的事，为了使自己好过些……

她

……也是为了记住……

她

……自从我尝过自己的血之后，我就喜欢血了。

她在诉说时，他们很少四目相视。他们都看着内韦尔。他们俩好像被内韦尔迷住了心窍。桌上有两只玻璃杯。她贪婪地喝酒。他则慢慢地啜着。他们的手都放在桌上。

内韦尔的镜头。

她

所有的人都在我的头上肆意践踏。当然……看到的不是天空……我看见这个社会在走动。平日里，他们疾步行走。星期天就缓缓而行。他们不知道我在地下室里。他们把我当作死人，远离内韦尔的死人。我父亲宁愿我死掉。因为我已名誉扫地，我父亲巴不得我死掉。

内韦尔：父亲，内韦尔的一名药剂师，站在他开的那片药店的玻璃窗后面。

他

你在喊叫？

内韦尔的房间。

她

起初没有，我没有喊叫。我轻轻地呼唤你。

他

可是，我已经死了。

她

我还是在呼唤你。即便你已经死去。后来，有一天，我突然大喊大叫起来，像个聋子似的，拼命喊叫。于是，他们就把我关进地下室里。为了惩罚我。

他

叫喊些什么呢？

她

你的德国名字。只喊你的名字。我只记得一件事，那就是你的名字。

内韦尔的房间，无声的喊叫。

她

我答应不再喊叫。于是，他们把我扶回到楼上我的房间里。

内韦尔的一间卧室。她躺在床上，蜷起一条腿，怀着情欲。

她

我需要你，我无法忍受这种需要的煎熬。

他

你害怕吗?

她

我害怕。在任何地方。在地下室里。在房间里。

他

怕什么?

内韦尔房间天花板上的斑点，内韦尔种种令人恐怖的东西。

她

怕再也见不到你，永远，永远见不到你。

像这场戏开头那样，他们重又互相贴近。

她

一天，我刚满二十岁。那时，我在地下室里。我母亲来告诉我，说我二十岁了。（稍停，仿佛为了回忆。）我母亲哭了。

他

你往你母亲脸上吐唾沫了？

她

是的。

（仿佛他们都知道这些事情。）

他移开身子。

他

喝吧。

她

好的。

他端起杯子，喂她喝。她由于不断地回忆，神色一直显得很惊惶。突然脱口而出：

她

后来，我什么也不知道了。我什么也不知道了……

他要鼓励她说下去，便启发她。

他

内韦尔的地下室都很陈旧，很潮湿……你刚才说……

她不知不觉中了圈套。

她

是的。到处是墙硝。［我变成了一个傻瓜。］

她把嘴贴在内韦尔地下室的墙上，啃着墙。

她

有时，一只猫进来张望。这倒没什么了不得的。我什么也不知道了。

一只猫钻进内韦尔的一间地下室里，瞅着这个女人。

她补充说。

她

后来，我什么也不知道了。

他

有多长时间？

她还没有摆脱她的思绪。

她

永无止境。（明确地说。）

某个人，一个孤单的男人，把一张法国风笛舞曲的唱片放在自动唱机上。为了使遗忘内韦尔的奇迹延续下去，为了使任何事情都不“变质”，日本人把自己杯里的酒倒进法国女人的杯里。

在内韦尔的一间地下室里，猫的眼睛和丽娃的眼睛闪闪发光。

当她听到风笛舞曲唱片的音乐时（醉了或疯了），她又笑又叫。

她

啊！曾几何时我是多么年轻啊。

她几乎刚摆脱了内韦尔，却又让自己的思绪回到内韦尔上去。她着了魔（这里，形容词的选择是可以多样的）。

她

夜里……我母亲扶我到花园里。她瞅着我的脑袋。每天夜里，她都要仔细瞅我的脑袋。她还不敢靠近我……只是在夜里，我才能看看广场，于是，我就看呀看。广场大极了(做手势)！广场中央往下凹[像个湖泊]。

内韦尔地下室的气窗。透过气窗，看得见自行车的轮子像彩虹般在内韦尔黎明的曙光中驶过。

她

我只是在黎明时才有睡意。

他

有时下雨吗?

她

……雨顺墙而下。

她在寻找，她在寻找，她在寻找。

她

我想念你。但是，我再也不提这件事了。（几乎带有恶意。）

他们重又互相靠近。

他

疯了。

她

我爱你爱得发疯。（稍等片刻）我的头发重新长出来了。每天，我用手摸，感觉得出。我无所谓。可是，我的头发毕竟又长了出来……

在内韦尔，丽娃躺在床上，一只手伸进自己的头发里去。她把双手伸进头发里。

他

你在被关进地下室之前喊叫吗?

她

没有。我毫无感觉。

在广岛，他们脸贴脸，眼睛半闭着。

她

[他们都很年轻。这是一帮没有想象力的英雄好汉。]他们仔细地把我的头发剃得精光。他们认为，把女人的头发好好剃光是他们的责任。

他

我心爱的，你为他们感到羞耻?(说得很干脆。)

剃发的镜头。

她

不。你死了。我只顾着内心的痛苦。夕阳西下。我只注意我头顶上剪刀的声音(这句话是不动声色说的)。这稍许减轻了……因你的死亡而给我带来的痛苦……就像……

……就像……啊!瞧,我无法向你表达清楚。就像用指甲抠墙能稍许平息些心头的怒火一般。

在广岛,她狂热地依偎在他怀中,继续往下说。

她

啊!多么痛苦。我内心是多么痛苦。真是不可思议……全城百姓都在唱《马赛曲》。夕阳西下。我那死去的爱人是法国的敌人。有人说,应该把这个女人扭到城里游街。我父亲的药店因为我伤风败俗而关闭。我孤独无依。有些人耻笑我。夜里,我才游完街回到家里。

内韦尔广场上的场面。想必她正发出无声的叫喊,但从她的口型来看,人们分辨得出,这喊声如同世界上的孩子们用各种语言呼唤母亲的喊声:妈妈。他一直紧挨着她。握住她的双手。

他

后来，我亲爱的，有一天，你终于摆脱了无休无止的痛苦。

内韦尔的卧室。

丽娃在房间里转来转去。把东西掀翻。如困兽犹斗，野性大发。

她

是的，那是个漫长的过程。

有人告诉我，说我经受了很长时间的磨难。

无论冬夏，每天傍晚六点钟，圣艾蒂安教堂的钟声响起。一天，真的，我听见了钟声。我记得从前我曾听见过这钟声——从前——就是我们相爱的时候，在我们幸福的时候。

我开始看见东西了。

我记得从前曾看见过的东西——从前——就是我们相爱的时候，在我们幸福的时候。

我记得。

我看见墨水。

我看见白天。

我那在继续的生命。你那在继续的死亡。

内韦尔的卧室和地下室。

现在，阴影笼罩卧室墙角的速度已经不那么快了。阴影笼罩地下室墙角的速度已经不那么快了。推迟到六点半左右了。

冬天过去了。

稍停片刻。在广岛。

她浑身颤抖。

她抽回身子，不再贴着他的脸。

她

啊！真可怕。我对你的记忆开始淡漠了。

他端起杯子，让她喝酒。她被自己吓着了。

她

……我开始忘记你。我因为忘却如此深沉的爱而颤抖不已……

……还要（喝酒）。

他东拉西扯地说。这一次。独自回忆。已无法驾驭她了。

她

我们本该中午在卢瓦尔河畔相会的。我应该同他一起回国的。

当我中午赶到卢瓦尔河畔时，他还没有完全死去。

有人从花园里朝他开了冷枪。

内韦尔的那座河滨公园。

她神志混乱，不再看他。

她

我在他的尸体旁守了整整一天一夜。第二天早晨，有人来收尸，把他装上一辆卡车。就在那天夜里内韦尔解放了。圣艾蒂安教堂的钟声响了……响了……他在我的身体下面渐渐变冷。啊！他临终的时间可真长啊！什么时候断气的？我也说不准。我趴在他身上……是的……我真地忽略了他去世的时间，因为……因为即使在当时，即使在事后，是的，即使在事后，我可以说，我压根儿就感觉不出他的尸体和我的身体有一丝一毫的区别……我只觉得这尸体和我的身体出奇的相像……你明白吗？那是我的初恋……（喊叫）

日本人给了她一个耳光。（或者也可以用，他使劲捏她的双手。）她表现出好像不知道这种疼痛究竟从何而起的样子。但是，她很快清醒过来。而且，显得好像懂得这种疼痛是有必要的。

她

后来，有一天……我又大喊大叫起来。于是，他们就把我关进地下室里。

她的声音恢复了原来的节奏。

（这里，整场玻璃球的戏：玻璃球滚进地下室，她拣了起来，玻璃球热乎乎的，她把它捏在手里，等等，然后，她把玻璃球还给外面的孩子，等等。）

她

……它是热乎乎的……

他不知其所以然，让她讲下去。她继续说。

（稍停。）我想，我就是那时候摆脱了心中的恶意。

稍停片刻。

我不再大喊大叫了。

稍停片刻。

我变得有理智了。大家都说："她变得有理智了。"

稍停片刻。

一天夜里，是节日的夜晚，他们把我放了出来。

河畔，内韦尔的黎明。

在卢瓦尔河畔。正值黎明时分。人们在过桥，过桥的人数在不同时辰时多时少。远处，阒无人影。

夜里，内韦尔的共和广场。

她

过不多久，我母亲跟我说，我应该趁着夜色到巴黎去。她给了我钱。我就在夜里骑上自行车，动身到了巴黎。

那是夏天。夜色迷人。

两天后我抵达巴黎时，广岛的名字已出现在所有的报纸上了。这时，我的头发已经长得够体面了。

我和别人一起走在街上。

有人重又把那张风笛舞曲的唱片放在自动唱机上。

她仿佛如梦初醒似的补充说。

她

十四年过去了。

他替她斟酒。她喝酒。表面看来，她又变得十分平静。他们摆脱了对内韦尔艰难岁月的回忆。

她

我甚至记不清楚那双手了……痛苦嘛，我还记得一点儿。

他

今天晚上吗?

她

是的，今晚我想起了这些事。但是，有朝一日，我将不再记得往事。压根儿不记得。什么都不记得。

这时，她朝他抬起头。

她

明天这个时候，我将同你相隔万里。

他

你丈夫，他知道这件事吗?

她犹豫片刻。

她

不知道。

他

那么，只有我一个人知道？

她

是的。

他从桌旁站起身，抱住她，硬是把她拉起来，不顾一切地紧紧搂住她。周围的人看着他们俩，茫然不解。他欣喜若狂。放声大笑：

他

只有我知道。只有我一个人知道。

与此同时，她闭上眼睛。她说：

她

别说了。

她更紧地依偎着他。她抬起手，轻轻地用手抚摸他的嘴唇。她几乎沉浸在一种突如其来的幸福中，说道：

她

啊！有时候，跟某个人在一起有多好呀。

他们十分缓慢地分开。

他

是的（说这句话时，她的手指正放在他的嘴唇上）。

［在唱机上转动的唱片所播放的风笛舞曲的乐声，突然降低了音量。］某处的一盏灯灭了。或许是河岸上的灯，或许是酒吧间里的灯。

她惊跳起来。她把放在嘴唇上的手抽了回来。他并没有忘记时间。他说：

他

再谈谈吧。

她

好吧。

她寻找话题。但说不出什么来。

他

说呀。

她筋疲力尽地说：

她

[我曾有幸被搞得名誉扫地。剃刀在我的头上，而从这愚蠢的行为中，我获得了非凡的智慧……]

我甘愿经历了这一时刻。这一无可比拟的时刻。

他仿佛从眼前的时光退隐，说：

他

几年后，当我把你淡忘时，当类似这样的艳事又出于习惯势力发生时，我将缅怀你，就像怀念被遗忘的爱情那样。当我想起遗忘的可怕时，我将会想起这段艳事。我现在就知道我会那样做的。

一些顾客走进咖啡馆。她看着他们，（重又怀着希望）询问：

她

在广岛，这种夜生活永无休止吗？

他们进入最后一场戏。不过，她是不由自主地问。而他却答以谎话。

他

在广岛，这种夜生活永无休止。

她莞尔一笑。她带着忧伤的微笑，极其温柔地说（样子很可爱）：

她

我多喜欢这样……喜欢这种无论白昼还是黑夜总有人醒着的不夜城……

酒吧间老板娘灭了一盏灯。唱片放完了。他们几乎置身于半明半暗的微光中。在广岛，咖啡馆营业到很晚，然而，不可避免的打烊时间已到。

他们俩都垂下眼帘，仿佛感到极为害羞。因为，这个循规蹈矩的世界不可能包容他们这种风流韵事，他们被这个世界拒之门外。反抗是不可能的。

她猛地一下子全明白了。

他们重新抬起眼帘时，他们反而微笑了，确切意义上来说，是“为了不要落泪”。

她站起身。他并没有做出任何想要留住她的举动。

他们走了出来，在茫茫黑夜中，站在咖啡馆门前。

她站在他面前。

她

有时候，应该尽量不要去想尘世给人造成的困难。要不然，这个世界就完全会变得令人窒息。

（最后这句话是“有气无力”地说出来的。）

咖啡馆里近在咫尺的最后一盏灯熄灭了。他们垂下眼睛。[一艘汽艇逆流而上，向海洋方向驶去，轰隆隆的鸣声使人联想起飞机的马达声。]

她

离开我吧。

他走开身去。看着远处天际，他说：

他

天还没有亮……

她

没有亮。（稍停）很可能，我们死之前再也不会见面了，对吗？

他

是的，很可能。（稍停）除非，有朝一日，也许，战争……

稍停片刻。

她应声回答。语气中带有讥讽意味。

她

是的，战争……

第五部

又过了一段时间。

我们看见她在街上。她走得很快。

接着，我们看见她出现在旅馆的大厅里。她拿着一把钥匙。

接着，我们看见她出现在楼梯上。

然后，我们看见她打开房门。走进房里，突然站住，仿佛面对着万丈深渊，或仿佛有人已经在这个房间里。她抽身退了出来。接着，我们看见她轻轻地关上房门。

上楼梯，下楼梯，再上楼梯，等等。

她往回走。在走廊里徘徊。绞着双手想办法，但又想不出来。突然，重新回到房间里。这一次，她容忍了房里的景象。

她朝洗脸池走去，把脸浸在水里。我们听见她第一句内心独白。

她

你自以为知道，其实不然。永远不会知道。

她

［牢记时间的确切持续期限。弄清时光有时怎样过得飞快，接着又毫无意义地过得很慢，而且，还得忍受它的忽快忽慢，这无疑也算是学到了知识（这段话说得断断续续，不时重复，而且还不大连贯）。］

她

她曾经在内韦尔有一个年轻的德国情人……

我们将要到巴伐利亚去，我的爱，而且我们将要结为夫妻。

她永远也没有去成。（她照镜子。）

让那些从未去过巴伐利亚的人斗胆同她谈论爱情吧。

你当时并没有完全死去。

我向别人讲述了我们的故事。

我今天晚上同这个陌生人一起欺骗了你。

我讲述了我们的故事。

瞧，这件事是可以对别人叙述的。

十四年了，我对不可能的爱情……已经找不到感觉了。

自从离开内韦尔以来。

瞧我把你忘得一干二净……

——瞧我把你忘得一干二净。

看看我吧。

[从敞开的窗户望去，我们看见重建的广岛，安睡的广岛。]

她猛然抬起头，在镜子里看见自己湿淋淋(好像泪水流淌)的脸，那张变得衰老、憔悴的脸。这一次，她对自己的模样感到恶心，不觉闭上了眼睛。

她擦干脸，匆忙离去，重又穿过大厅。

我们又看见她坐在长凳上，或坐在一堆砾石上，或坐在离刚才他们一起待过的咖啡馆有二十来米远的地方。

餐厅的灯光(餐厅)映入她的眼睛。这个餐厅很普通，几乎空无人影，他已经离开餐厅。

她(躺在或坐在)石堆上，继续注视着咖啡馆。(这时，酒吧间里只有一盏灯亮着。刚才他们一起在里面坐过的那间厅堂已关门。

这间厅堂，通过酒吧间的玻璃门，得到一道微弱的反射光线，这朦胧的光映在陈设的桌椅上，投落下一堆影子，有的清晰，有的虚幻。）

［酒吧间里的最后几位顾客，在灯光和坐在砾石堆上的法国女人之间，组成了一道屏障。因而，随着这些顾客的来回走动，她的身影时而从暗处转到亮处。然而，她继续在暗处瞅着他已离去的那个地方。］

她闭上了眼睛。然后，她又睁开。别人以为她在打瞌睡。但是，她没有在瞌睡。她睁眼时，像一只猫那样突然睁开。我们听到她内心独白的声音：

她

我将留在广岛。每天夜里和他在一起。在广岛。

她睁开眼睛。

她

我将留在这里，这里。

她收起注视咖啡馆的目光，环顾四周。突然，她做了个非常孩子气的动作，把身子尽可能地缩成一团。她双手抱头，双腿蜷起。

日本人走到她身旁。她看见他，却并不动弹，没有反应。他们开始对“对方”显得不在意。毫不惊奇。他在抽烟。他说：

他

留在广岛吧。

她“不动声色”地看着他。

她

当然，我将和你一起留在广岛。

她(像孩子一样)说完这句话，又躺了下去。

她

我是多么不幸……

他靠近她。

她

我压根儿没有料到，你明白……

她

你走开吧。

他一边走开，一边说：

他

我不能离开你。

我们现在又在一条林阴大道上发现他们。时不时有几家灯火通明的夜总会。这条林阴大道笔直地向前延伸。

她在前面走。他在后面跟。我们随着镜头的推移能看清他们的身影，先看见一个，接着再看见另一个。他们脸上都露出失望的神情。他追上她，温柔地对她说：

他

和我一起留在广岛吧。

她没有回答。然而，我们却听到她几乎大声叫喊的（内心独白的）声音。

她

[我渴望别再有祖国。我将教育我的孩子们要为人凶狠，麻木不仁，聪明伶俐，而且要极度地热爱别人的祖国。]

她

他就要朝我走来，他将搂住我的双肩，他将亲——吻——我……

她

他将亲吻我……而我将不知所措。

（“不知所措”这几个字是在陶醉状态中说出来的。）

镜头又回到他身上。然而，我们发觉他越走越慢，给她稍事思考的时间。他非但不追上来，反而离她越来越远。她头也不回地朝前走。

一连串广岛和内韦尔街道的交替镜头。丽娃的内心独白。

她

我遇见你。

我记得你。

这座城市天生就适合恋爱。

你天生就适合我的身体。

你是谁？

你害了我。

我那时饥不择食。渴望不贞、与人通奸、撒谎骗人，但求一死。

很久以来，一直这样。

我料到，你总有一天会突然出现在我面前。

我平静地、极其不耐烦地等待着你。

吞噬我吧。按照你的形象使我变样吧，以便在你之后，没有任何人会理解，为什么会有如此强烈的欲望。

我的爱，我们将单独相处。

黑夜将永无止境。

太阳将永不升起。

永远，总之，永远不再升起。

你害了我。

你对我真好。

我们将怀着满腔诚意，问心无愧地哀悼那消逝的太阳。

我们将没有别的事情要做，惟有哀悼那消逝的太阳。

时光将流逝。惟有时光流逝而去。

然而，时光也会到来。

时光将到来。到那时，我们将一点儿也说不出究竟是什么使我们俩结合。那个字眼将渐渐从我们的记忆中消失。

然后，它将消失得无影无踪。

这一次，他正面朝她走来。这是最后一次。不过，他站在离她较远的地方。从现在起，她是可望不可及的了。天在下雨。在一家商店的挡雨披檐下。

他

也许，你有可能留下吧。

她

你知道得很清楚。欲离不能，欲留更不能。

他

再留一星期。

她

不。

他

三天。

她

这点时间做什么呢？用来活命？还是用来殉情？

他

用来弄清楚该怎么办。

她

这种时间不存在。既没有用来活命的时间，也没有用来殉情的时间。所以，我才不在乎呢。

他

我宁愿你当初死在内韦尔。

她

我也宁愿这样。可是，我没有死在内韦尔。

我们看见她坐在广岛火车站候车室的一条长凳上。又过了一段时间。一位日本老太太坐在她身旁等车。我们听见法国女人的声音响起(内心独白):

她

我早已忘却的内韦尔，今晚，我很想再见到你。在好几个月里，当我的身体燃起回忆的激情时，我每天夜里都在把你烧毁。

日本男子像个幽灵似的走了进来，并和老太太坐在同一条长凳上，与法国女人坐的位置正好方向相反。他不看那个法国女人。他的脸被雨水淋湿。他的嘴唇在微微颤抖。

她

当我的身体燃起缅怀你的火焰时，我希望再见到内韦尔……卢瓦尔河。

内韦尔的镜头。

可爱的涅夫勒省的白杨树，我要把你们遗忘。

“可爱的”这个词应该像“爱情”一词那样说出口来。

这廉价的故事，我要把你遗忘。

内韦尔废墟的镜头。

只要一夜远离了你，我就像等待解脱似的等待着天明。

在内韦尔举行的“婚礼”。

一天见不到他的眼睛，她就苦恼得要死。
内韦尔的小姑娘。
内韦尔轻佻的小姑娘。
只要一天碰不到他的手，她就认为堕入情网是多么的不幸。
卑微的小姑娘。
她在内韦尔为爱情死去。
被剃了光头的内韦尔的小姑娘，今晚我要把你遗忘。
廉价的故事。
就像忘记他那样，从你的眼睛开始遗忘。
完全一样。

接着，就像忘记他那样，遗忘将攫取你的声音。

完全一样。

然后，就像忘记他那样，遗忘将渐渐把你全部吞没。

到那时，你将变成一支歌曲。

她

［夏天，将近傍晚七点时，两拨人群安静地在共和大道上交叉，想要购买东西。长发披肩的姑娘们不再做对不起祖国的事情。我想再见到内韦尔。内韦尔。多么愚蠢。］

她

［就是在内韦尔这个地下室里，我对这个男人产生了爱情。我对你产生了爱情。

在“丽日”区里，我对你产生的爱情，作为不得再仿效的例子留在我的记忆中。］

［正因为我的记忆已经被作为不得仿效的例子而留在“丽日”区，所以我一度能随心所欲地爱你。倘若我不曾把这坏得无法用语言形容的记忆留在“丽日”区，我也许永远都不敢爱你。“丽日”区，我向你致意，我今晚很想再见到你，“丽日”区啊，多么愚蠢。］

日本男人和她，被坐在中间的这位日本老太太隔开。

他抽出一支烟，微微抬起身子，把那包烟递到法国女人面前。

“敬你一支烟，这就是我现在能为你做的一切，仅此而已，这就像我给任何人，给这位老太太敬烟一样。”她不抽烟。

他向老太太敬烟，并给她点火。

内韦尔的森林在暮色中接连展现。接着是内韦尔的镜头。这时，广岛火车站的高音喇叭在广播：“广岛！广岛站到了！”这声音在内韦尔的画面上响起。

法国女人似乎已经睡着了。两个日本人生怕把她吵醒。他们压低嗓门交谈。

正因为老太太以为她已经入睡，才开口询问日本男人。

老太太

她是谁？

他

一个法国女人。

老太太

出什么事啦?

他

她一会儿就要离开日本。我们快要分手，心里很难过。①

镜头一闪，她已不在候车室里。我们在火车站前又见到她。她跳上一辆出租车。汽车在“卡萨布兰卡”夜总会门前停了下来。随后，他也来到夜总会门前。

她独自坐在一张桌前。他走到另一端的一张桌前坐下。

夜将要结束。夜的终止意味着他们将永远分离。

原先已在厅堂里消磨时光的一个日本男人朝法国女人走去，并

① 他们用日语对话，电影里并没有把这几句话译成法语。——原注

(用英语)跟她搭讪:

日本人

您一个人吗?

她只是点头作答。[他指着她身旁的那把椅子或高脚圆凳。]

日本人

您愿意和我聊一会儿吗?

夜总会里的客人已寥寥无几,几乎空空荡荡。客人们都感到很无聊。

日本人

这会儿孤身一人在这儿,岂不是太晚了吗?

她让另一个男人接近自己,以便“甩掉”我们认识的那个男人。但是,这不仅不可能,而且也是毫无用处的。他已经茫然若失了。

日本人

我可以坐下吗?

日本人

您刚刚游览过广岛了?

他们不时地互相看一眼对方，但看的时间很短，够讨厌的。

日本人

您喜欢日本吗?

日本人

您住在巴黎吗?

天将拂晓，晨光一直在悄悄爬[上玻璃窗]。

内心独白已经停止。

这个素不相识的日本人在跟她说话。她看着另一个。这个陌生的日本人不再对她说话。

而这会儿，那令人可怕的“绝望者的曙光”已透过玻璃窗射了进来。

我们又在旅馆房间的门背后看见她。她一只手捂住胸口。

有人敲门。

她打开门。

他说：

他

我不可能不来。

他们都站在房间里。

他们挨得很近，面对面地站着，但双臂下垂，根本没有接触。

房间里一切原样不动。

烟灰缸都是空的。

天色已经大明。屋里有阳光。

他们甚至连烟也不抽。

床铺原样未动。

他们俩一句话也不说。

黎明的寂静笼罩着全城。他走进房里。远处，广岛还在沉睡。

突然，她坐下身去。

她双手捂住脸，悲叹一声。一声忧伤的哀叹。

她的双眸中反射出城市的亮光。她几乎让人感到局促不安，猛然间，她叫了起来：

她

我将忘掉你！我已经忘掉你了！你看，我竟然忘掉你啦！你看我呀！

他抓住她的胳膊、［手腕］，她面对着他，脑袋往后仰。她非常粗暴地挣脱。

他魂不守舍地扶住她。仿佛她身临险境。

他看着她，她也看着他，好像在看这座城市，而且，突然温柔地呼唤他。

她惊讶地，“远远地”呼唤他。她终于得以把他淹没在完全的遗忘之中。她对此深感惊愕。

她

广——岛。

她

广——岛。这是你的名字。

他们彼此看着对方，却又视而不见。永远不再相见。

他

这是我的名字。是的。

[我们就到此为止，仅此而已。而且，永远停留于此。]你的名字是内韦尔。法——国——的——内——韦——尔。

—完—

附　录

静夜阐释

（有关内韦尔的注释[①]）

关于德国人死亡的那一幕

他们俩同样被这一事变——他的死亡折磨着。

两个人的心中都没有丝毫愤怒。只是为他们夭折的爱情感到极其悲痛。

同样的痛苦。同样的鲜血。同样的眼泪。

荒诞的战争正不加掩饰地笼罩在他们混为一体的身躯上。

也许可以认为她已死去，因为他的死亡使她痛不欲生。

他试图抚摸她的胯部，就像做爱时那样。但他已无能为力。

简直可以说她在帮助他死去。她并没有想到她自己，一心只想着他。然而，他在安慰她，他几乎是在表示歉意，因为他不得不死而使她痛苦欲绝。

当她独自一人待在这块刚才他俩相依在一起的地方时，她尚未感受到切身的痛苦，只是因为自己重又形影相吊而觉得不可言喻的惊愕。

关于向德国人开枪的那座花园的画面

有人从这座花园里朝他开枪，正如他们可能从内韦尔另一座花园开枪一样。他们可以从内韦尔所有别的花园向他开枪。

只是碰巧在这座花园里向他开枪罢了。

从此，这座花园便留下了他那平庸的死亡的痕迹。

从此，这座花园的色彩和形式都带有命中注定的意味。他命丧于此，永远长眠于地下。

战争期间，一名德国兵穿过某省的广场

某天，近黄昏时，一名德国兵正穿过法国某省的一个广场。

就连战争也成了家常便饭。

德国兵如一块靶子静悄悄地穿过广场。

战争还在深不可测地进行着，人们对结束战争已失去希望。大家对战争已习以为常，不再留神提防敌人了。尚·德·玛尔斯广场笼罩着一片无言的绝望。德国兵也受其感染。人们对战争的厌倦谈

---

① 没有按年代顺序排列。雷乃曾对我说："就像您评论一部摄制好的影片的画面那样写吧。"——原注

得还不够。一些妇女在百无聊赖时便躲在放下的百叶窗后瞅着那个在广场上行走的敌人。在这儿，风流韵事要以爱国主义为界限。如越雷池一步就必须制止。有人在观察这桩风流事，并不加以制止。没办法不让人瞧呀。

关于丽娃与德国兵相会的画面

我们在城墙后拥吻。的确，我心如刀割，肝肠寸断，因为我竟爱上了一个敌人。然而，我却怀着无法克制的幸福亲吻了我的敌人。

战争期间，城墙那儿总是阒无人迹。战时，法国人在这儿被处死。战后，就在这儿枪毙德国人。

当他给我打开栅栏门时，我看见了那双手。我顿时想要惩罚它们。委身之后，我咬了他的手。

就是在城墙那儿，我成了他的妻子。

我再也记不起花园深处的那扇门了。他在那儿等我，有时要等数小时。尤其是在晚上。只要我有片刻自由，我便去那儿同他相会。他心生恐惧。

我也提心吊胆。

当我们不得不一起穿过城里时，我胆战心惊地走在他前面。别人都低下头。我们以为他们对此并不在乎。于是，我们变得轻率大胆起来。

我要求他在××栅栏后穿越广场，以便我可以在白天也能见他一面。于是，他每天低着头经过那道栅栏，好让我看看他。

冬天，废墟上旋风呼呼。寒峭彻骨。他的嘴唇冰凉。

一个想象中的内韦尔

在我的记忆中，我在那儿出生的内韦尔与我自己浑然一体，难以区分。

这是座连小孩也能徒步环城走一圈的城市。

这座小城一边濒临卢瓦尔河，另一边则以城墙为界。

城墙外有一片森林。

内韦尔可以用孩子的步子来测量。

内韦尔就在这城墙、河流、森林和田野中间“走过”它的历程。城墙巍巍壮观。卢瓦尔河则是法国最宽阔、最著名、最美丽的河流。

内韦尔就像座首府被团团围住。

当我还是小姑娘时，我曾在内韦尔来回兜圈子，我觉得它简直是无边无际。它在卢瓦尔河里的倒影随着水波微微颤动，显得更加庞大。

一直到我长成少女时，我一直有这种幻觉，总觉得它大极了。

当时内韦尔闭门自守。它像我们一样成长起来。我对其他城市一无所知。我需要一座适合爱情本身的城市。就在内韦尔，我找到了这样的地方。

要是说内韦尔是座小城市，那么，从感情上和理智上来讲都是错误的。对我来说，内韦尔是座庞大无比的城市。

门外有麦田。窗外有森林。夜里，猫头鹰直飞进花园。所以，在花园里需要镇静自若，无所畏惧。

这里同其他地方一样，谈情说爱是要受到监视的。

孤零零的人就在这儿等死。除了死亡，任何别的奇遇都不会改变他们的期待。

在这些曲折的街道上体验着直线等待死亡的滋味。

在那儿，恋爱是不可原谅的。在内韦尔，恋爱就是犯了过错。在内韦尔，追求幸福便是罪恶。无所事事、百无聊赖则是默许的美德。

疯子在郊区东窜西走。有波希米亚人。狗。还有恋情。

要是侮蔑内韦尔，说它的坏话，那么从理智上和感情上讲同样也是错误的。

关于被孩子们丢失的玻璃球的情景

我又喊叫起来。那一天，我听见一声尖叫。最后一次，他们把我关进了地下室。它（玻璃球）从容不迫地向我这儿滚过来，挺像那么回事的。

鲜艳夺目的彩色液体在球体内流动。五彩缤纷的夏季存在于球体内。它也具有夏日的炎热。

我已经明白不该再吃东西，不该随便什么都吃，不该啃墙，不该吮手上的血或啃墙。我满怀柔情地瞅着玻璃球。我把它含在嘴里，但没咬它。

它是那么滚圆，那么完美，却提出了一个难以解答的问题。

也许我会把它敲碎。我把它扔掉，但它又反弹回我的手中。我再扔掉它。它不再回来。它就这样走得无影无踪了。

当玻璃球消失得不见踪影时，我意识到又要发生什么事了。我重又胆战心惊。玻璃球是个没有生命的东西，它不可能死去。我回忆着。我到处寻找。我又找到了它。

孩子们大叫大喊。玻璃球在我的手中。喊声。玻璃球。它是孩子们的。不。他们再也得不到它了。我张开手。它在我的掌心里，是我的俘虏。我把它还给孩子们。

一个德国兵来到丽娃父亲的药房包扎手

［在这盛夏时节，我穿着（黑色）毛衣。内韦尔的夏天是寒冷的。这是战争期间的夏季。我父亲百无聊赖。货架上空空如也。我像小孩一样听从我父亲的话。他（德国兵）的手被烧伤了，我瞅着他的手。在给他包扎时，我把他弄痛了。我抬起眼睛时，遇上了他的

目光。他的眼睛清澈明亮。因为我弄痛了他，他笑了。我没有笑。]

战争期间的内韦尔之夜
德国兵在广场上偷偷看着丽娃的窗户

[我父亲一言不发，默默地喝酒。我甚至不知道他是否听见我弹奏的音乐。晚上真是枯燥乏味，不过，在那一晚之前，我还没意识到这一点。那个敌人向我抬起头来，并难以觉察地微微一笑。我内心涌起一阵犯罪感。仿佛我眼前正展示着一幕十分可憎的场面似的，我连忙关上了百叶窗。]我父亲按习惯坐在扶手椅上打瞌睡。桌上还摆着我们两人的餐具和我父亲的酒。百叶窗外，广场就像滔滔大海一般起伏不定。他看上去像是个海上遇难的人。我向父亲走去，就近仔细瞅着他，近得几乎要碰到他了。他因为喝了酒而昏昏沉睡。我连父亲也认不大清了。

内韦尔之夜

午夜，我孤身一人待在房间里。尚·德·玛尔斯广场依然像大海一般在百叶窗外骚动着。他今晚大概又经过这儿了。我并未打开百叶窗。

内韦尔的婚礼

薄暮时分，我怀着幸福和羞耻成了他的妻子。当这一切都已成事实，天色已黑。然而，我们并未察觉。

我不再羞愧不安。我们非常乐于见到黑夜的来临。以前，我可总是害怕黑夜。我从未见过像那一天这般漆黑的夜。我的祖国，我的城市，我那喝醉了酒的父亲，都被淹没在这茫茫夜色中。连同德国的占领，也统统沉溺于这深沉的黑夜中。

实实在在的黑夜。我们专注地观察着这黑夜，然后又严肃地注视着。连绵起伏的山峦渐渐一一出现在远处的天际。

关于枪击德国人的那座花园的另一注释

爱情使人更加坦然地弃世而去。

这座花园也许会让人去信奉上帝。

这个挎着卡宾枪陶醉于自由的男子，这个死于一九四四年七月底的陌生人，这个内韦尔的男子，我的兄弟，他怎么能懂得这些道理呢?

关于“然后，他死了”这句话

这幅画面出现时，丽娃本人不再言语。

哪怕流露出一丝忧伤的神情都会贬低这份痛苦的感情。

她只是刚发现他躺在河畔，在阳光的照射下奄奄一息。对于我们其他人来说，这种场面简直是难以忍受。然而对丽娃却并不如此。丽娃不再对我们说话。她只是缄口不语而已。

他气息尚存。

丽娃趴在他的身上，悲痛欲绝。她已精神错乱。

在这种时刻见到她在向他微笑居然也可能合乎逻辑。

痛苦有其伤风败俗的一面。丽娃伤风败俗。像个疯子。她丧失了理性。

这是她的初恋。也是她初次尝到的痛苦。我们几乎不能看着丽娃处于这般悲哀的状态中。我们无能为力。只得等待。等着她意识到并能适应这种痛苦的心境。

弗雷逊死了。他仿佛已经同这片土地结合在一起。他被死神迎面攫住。他的鲜血像河水那样潺潺而流，像时光那样渐渐消逝。像他的汗水。他像一匹精力充沛，欢蹦乱跳的骏马那样突然丧身。当时，他正忙着赶赴幽会。后来，她怀着无限柔情来了，而且，深知无法抗拒他的死亡。弗雷逊目光柔和。他们相互微笑。是的。你看，我的爱，即便这样，我们还能微笑。这是死亡的胜利。一切都完结了。我深信在你身后，我无法苟活，正因为此，我对你微笑。

德国兵的尸体被卡车运走后，丽娃独自一人待在河畔

那一天，阳光明媚。但是，和每天一样，黄昏降临了。

站在河畔，丽娃所剩下的，只有她的心跳。（到了傍晚，天下起雨来。雨滴打在丽娃的身上，洒落在城里。然后，雨停了。后来，丽娃被剃成了光头。在这河畔上只剩下一处干燥的地方，这是丽娃待过的地方。这个地方曾被他们的激情灼烧过。）

她好像已在河畔入睡。她变得几乎面目全非。（一些动物在她那双污血斑斑的双手上爬过。）

是狗吗？

丽娃的痛苦，她的疯狂。内韦尔的地下室

丽娃还是不说话。

夏天日复一日地过去了，一切安然无恙。整个法国喜气洋洋，

沉浸在一片混乱而欢乐的气氛中。

河流也泰然自若地潺潺流去，卢瓦尔河也不例外。丽娃的眼波如卢瓦尔河的河水一样流动，但却是在这动荡中备受痛苦煎熬。

地下室小小的，就像它可能是大的那样。

丽娃在狂喊乱叫，就像她可能沉默不语那样。她并不知道自己在大声喊叫。

人们惩罚她，让她明白自己在大声喊叫。像个聋子。

当她喊叫时，必须得教她用耳朵听。

这一切都是人家事后才告诉她的。

她像个白痴那样擦破了双手。被放开的小鸟在房间里乱飞，磨损了双翅，却毫无知觉。丽娃把手指擦伤，弄出血来，然后吮吸自己的鲜血。她做了个鬼脸，接着又做个鬼脸。有一天，她曾在河畔学会了如何嗜好鲜血。像一头畜生、一个下贱女人那样。人总应该好好地看点东西。丽娃并没有眼睛。她注视着。但她什么也没看见。然而，她还是注视着。她看到了人们的脚。

人来人往。在你们和我的必不可少的天地里熙熙攘攘，在一段我们熟悉的时间里来去匆匆。

丽娃盯在这些过往行人脚上的目光（这些脚同他们的脸一样意味深长）落在那被理智摒弃的有机世界上。她注视着一个脚的世界。

丽娃的父亲

父亲被战争拖得精疲力竭。他并不是坏人。他被那些非他所愿而又已经发生的事情搞得昏头昏脑。他穿一身黑衣服。

丽娃的母亲

母亲是个充满活力的女人。比父亲年轻得多。在这个世界上，她最爱的就是她的孩子。每当丽娃大声乱叫时，她就惊慌失措。她生怕别人还要加害于她的孩子。她管理着全家。她很坚强。她不愿丽娃就此丧生。对女儿，她怀有一股野兽般的爱。而这母爱是无限的。与父亲相反，她没有对丽娃失去希望。

他们把她送进地下室，就像她是个十岁的小姑娘。他们都穿着一身黑衣服。丽娃夹在他们俩中间，穿着一身浅色衣服。那是一件母亲做给小姑娘穿的带花边的睡衣，当妈妈的总是忘记自己的孩子已经长大成人。

丽娃在内韦尔的地下室和自己的房间里

丽娃一袭白衣，待在地下室的一个角落里。她一直待在那儿，和在别处一样，纹丝不动。眼波总是像卢瓦尔河一样流动。眼神就像站在河畔时一样。她是无辜的。令人恐惧的开始。

直到晚上，她才恢复了理智。她想起她已经是那个人的妻子。她也一样，情欲迎面攫住了她。尽管他已死去，她还是需要他。即便他已气绝身亡，她还是渴望得到他，简直到了无法忍受的地步。她筋疲力尽，气喘吁吁。嘴唇湿润。她的姿态如同一个欲火中烧的女人，不知羞耻，庸俗不堪。比在任何地方都更不知羞耻。简直令人作呕。她居然需要一个死人。

丽娃触摸她房间里的东西。
“我记得曾经看到……”

处在这种精神状态的丽娃可能无论什么东西都能看到。无论这些东西聚集在一块儿，或分散摆放。这无关紧要。反正，一切都会被她看到。

丽娃舔地下室的墙硝

由于没有什么别的东西，墙硝也能吃了。这是石头蕴含的盐分。丽娃在啃墙。她也在吻墙。她置身于一个墙的天地。对一个男人的记忆就渗进墙内，与石头、空气、土地浑然一体。

一只猫走进内韦尔的地下室

这只猫总是老样子走进地下室来。它准备应付一切可能发生的事。丽娃已然忘记猫的存在。

猫是家养动物。它们举止可爱，讨人喜欢。但是，它们的眼睛并不驯良。猫的眼睛与丽娃的眼睛很相像。他们相对注视，看得精疲力竭。要忍受一只猫的目光几乎是不可能的。但丽娃却能做到。她渐渐渗入到猫的目光里去。在地下室里，只有猫和丽娃一对一的注视，别无其他。

永恒是无法形容的东西。它既不美，也不丑。它也许是一个小石块，或某个物体发光的一角？是猫的目光？一切都是。猫睡了。丽娃睡了。猫彻夜不眠。永恒究竟存身于猫的凝视里抑或丽娃的凝视里？圆圆的瞳孔里空空洞洞。这些瞳孔大极了。犹如寂无一人的竞技场。令人感到时光的冲击。

丽娃看到的内韦尔的广场

广场上依然生机勃勃。这些人上哪儿去？他们自有他们的去向。自行车车轮就像太阳那样。活动着的东西比静止的东西看得更清楚。自行车车轮。行人的脚。所有的一切都在原地摆动。

有时，这看上去像大海。她甚至经常把这一切当作大海。后来，她才明白这是黎明，只不过，她把黎明误认为大海。黎明、大海，这些都使她萌生睡意。

丽娃躺着，双手抚摸头发

既然她并没有弃世而去，苟活至今，头发便又长了出来。生命真顽强。黑夜、白天，她的头发在生长。裹在头巾里悄然生长。我轻轻抚摸我的脑袋。现在摸起来好多了。因为头发已长长，不再扎手了。

丽娃在内韦尔被剃光头

他们正在剪她的头发。

他们几乎漫不经心地做这件事。应该剪去她的头发。那就剪吧。确实，我们在别的地方还有许多其他事情要做。不过，我们要尽到责任嘛。

这儿拂过一阵从广场吹过来的热风。但是，它还是比别的地方凉快些。

被剃了光头的姑娘是药剂师的女儿。她几乎把自己的头送到剪子里去，仿佛要协助已经备好的自动装置进行操作。把头发剪掉有益于脑袋。这样可以减轻分量嘛。（她身上全是一缕缕剪下的头发。）

他们在法国某地也剃别人光头。而在这儿，是药剂师的女儿。《马赛曲》随着傍晚刮起的风远远飘来，一直回响在长廊，鼓励他们行使这仓促制订的愚蠢的司法权。他们没有时间使自己变得聪明些。长廊好比一个没有任何节目演出的舞台。什么也没有。也许本来可以表演些什么，只不过没有进行罢了。

剃了光头后，姑娘还等在那儿。她任凭他们摆布。这座城里曾有人行事邪恶，所以现在以牙还牙，大有裨益。真让人胃口大开。得让这姑娘走开。这件事真可恶，也许还令人恶心。因为她看上去还要赖在这里，得把她赶走。他们像赶老鼠那样驱逐她。但是，她无法很快地爬上台阶，不能像他们所希望的那样快快拾级而上。好像她有的是时间。好像她还在等待尚未发生的别的事儿。她不得不挪动身子，向前迈步，她几乎为此而惆怅万分。她发现台阶边上的扶手原来是为了帮助走路而造的。

半夜里，被剃了光头的丽娃回到家中

丽娃看着母亲朝她走来。她的眼神流露出：“真想不到你把我生到这世上来是为了这个。”然而，最正确地解释她的眼神所表达的意思应该是：“这究竟是什么意思？”

丽娃也许稍稍蹙眉询问苍天，询问母亲。她确实已心力交瘁。当母亲来到她身旁时，她力不胜支，晕倒在母亲的怀里。但她的眼睛却还睁开着。

此时，丽娃和母亲之间仅仅是肉体上的接触。母亲熟练地把丽娃抱着。她深知孩子的体重。丽娃靠在母亲怀里，从小她就有这个习惯，一有伤心事便靠在那里直到平静下来。

丽娃感到发冷。她母亲摩擦她的双臂和后背使她暖和起来。她无意识地亲吻着孩子被剃光了的头。心里空落落的，什么感觉也没有，连一丝悲哀也没有。她的孩子还活着，相对来看，这可是不幸中的大幸。她把孩子带回家。她完全是把丽娃拉回去的。当时，丽娃仿佛死去一般，痴痴呆呆，不知迈步。必须用力把她从那棵树旁拉走。

丽娃的肖像。她恢复了理智

丽娃在室内兜圈子。时间悄然而逝。

现在，她精神错乱。她必须走动走动。于是，她便在室内兜圈子。她走的圆圈慢慢合拢。但是，它即将爆裂。已经到了忍无可忍的时刻。

丽娃的脸像抹了一层石膏似的漠无表情。这张脸已有好几个月没见人了。她的双唇变得单薄。眼神木然。身体也不再有什么别的意义。丽娃的身体只是在她转圈时用来支撑脑袋。她还在呼唤他，但每一声呼唤都间隔很长，十分缓慢。仅仅是回忆中的回忆。她的躯体已肮脏不堪，无人问津。她快要获得自由，这就好了。禁锢的圆圈行将爆裂。她打破了臆想中的秩序，颠倒那些事物；从反面来观察它们。

丽娃的疯狂

当她凝视着房间的下墙角，辨认出某些东西时，她的嘴唇颤抖不已。她是在微笑还是在哭泣？反正都是一回事。她在聆听，好像在酝酿什么卑劣勾当。但并非如此。她只是在聆听圣艾蒂安教堂的钟声。心中凄苦欲绝。她倾听着城里发出的声音。然后又重新转起圈来。突然，她伸了一下懒腰。渐渐恢复的理智使她惊恐不安。她用脚踢，要踢掉什么？憧憧人影。

中午，丽娃来到卢瓦尔河畔

丽娃犹如一朵鲜花来到河畔的石阶上。

她穿着一条又短又肥的裙子，遮盖着刚发育好的大腿和胸脯。

清晨，丽娃外出，来到卢瓦尔河畔

他们放我外出。我疲惫不堪。他们说，我太年轻，不该这样痛苦。他们说，今天天气宜人。他们说，我被关在地下室已有八个月之久。现在，我的头发长了。没有人路过这儿。我不再害怕了。好，就这样。我不知道我准备干什么……母亲为此特别注意我的身体。我也很当心我的身体。他们说，不应该过多地观看卢瓦尔河。我偏要盯着它。

人们在桥上来来往往。有时，平庸无奇也能激动人心。他们说，现在已是和平时期。就是这些人剃了我光头。没有人剃我光头。是卢瓦尔河缠住了我的眼睛。我瞅着它，再也无法收回我的目光。我头脑空空，什么也不想。什么秩序不秩序的。

夜里，丽娃到了巴黎

什么秩序不秩序的。我该走了。我动身上路，按新建立的秩序去生活。除了生存下去，我再也不可能有别的什么。就这样吧。

温馨的夜晚。我离开了卢瓦尔河。卢瓦尔河依然是每条道路的尽头。耐心点吧。卢瓦尔河将从我的生活中消失得无影无踪。

内韦尔

（供提示用）

丽娃本人叙述她在内韦尔的生活

晚上七点钟，圣拉扎尔[1]大教堂鸣钟报时。药房关上了门。

我在战争中长大成人。尽管我父亲每天晚上都同我谈论战争，我却并不对此多加注意。

我刚从学校毕业，就在药房里帮我父亲工作，当他的助手。我母亲[2]住在南部某省。每年，我利用假期去看她几次。

无论冬夏，无论在占领期间的寒夜还是在六月阳光明媚的白天，药房一向是七点关门。我总觉得关门太早。店门关上后，我们就上二楼。电影院里放映的影片几乎全是德国片，所以，父亲不许我去看电影。夜里，从我房间往外眺望，尚·德·玛尔斯广场在窗下显得更加宽阔。

市政厅前没有悬挂旗帜。我必须追忆到童年时代才能想起路灯点亮的情景。

他们越过了自由区和占领区之间的界线。

敌人来了。德国人总是按时唱着歌穿越尚·德·玛尔斯广场。

有时，他们当中会有人到药房来。

这里也实行了宵禁令。

后来发生了斯大林格勒大战役。

有些人在城墙根那儿被枪毙。

有些人被关进集中营，有些人跑出去参加抵抗组织。也有人苟安留下，惶惶终日但过着阔绰的生活。黑市买卖比比皆是。圣……郊区工人的孩子们饥肠辘辘，濒临死亡。然而，“大牡鹿”饭店里却照样有人在吃肥鹅肝。

我父亲把药送给圣……郊区的孩子们。我每周两次在药房关门后去学钢琴时给他们带去。偶尔，我回家很晚，父亲便站在百叶窗后等我。有时，晚上，父亲还要我给他弹钢琴。

我弹完琴后，父亲就变得缄默不语，流露出绝望的神色。他在想念我的母亲。

在敌人的铁蹄下，我们整天胆战心惊。即便这样，每当晚上我弹完琴后，总感到青春的活力在我的胸膛里骚动。然而，我什么也没对父亲说。他告诉我，我是他惟一的慰藉。

城里的男人只有德国人。当时我已十七岁。

战争遥遥无期，我的青春也漫无止境。我既摆脱不了战争，也摆脱不了我的青春。

各种各样的道德规范已经搅得我心烦意乱。

---

① 在这一部分，作者把圣艾蒂安大教堂误写成圣拉扎尔大教堂。

② 丽娃的母亲是犹太人（或者同其丈夫分居）。——原注

星期天就是我的节日。我骑着自行车，穿城到埃齐去弄些我生长发育必须食用的黄油。我顺着涅夫勒河[1]走，有时，我半路停靠在树下，为这漫长的战争深感烦躁。然而，尽管身经这场战祸，尽管入侵者近在咫尺，我还是长大成人了。我总是喜欢观看这潺潺的河水。

一天，一名德国兵到药房来包扎他烧伤的手。当时，店里只有我们两个人。我便按照学过的方法，满怀着仇恨替他包扎。敌人居然向我道了谢。

后来，他又来了。我父亲也在场，他叫我动手照料来客。

我当着父亲的面又替他包扎了手。按照别人教我的那样，我没有抬头朝他看。

然而，就在这天晚上，我感到特别厌倦战争。我把这想法告诉了父亲。父亲只字不答。

我弹钢琴。然后，我们熄了灯。父亲叫我关上百叶窗。

广场上，有一个年轻的德国人背靠着树，站在那儿，手上包着绷带。因为他手上的绷带在黑暗中显现出一团白色，所以尽管天色漆黑，我还是认出了他。我父亲走过来关上了窗户。我明白，这是生平第一次有一个男人在聆听我的琴声。

翌日，这个人又来了，这次，我看见了他的脸庞。我怎么能够忍住而不看他呢？我父亲走向前来，把我拉开，对这个敌人说，他

---

① Nièvre，卢瓦尔河的小支流，流经与之同名的涅夫勒省。

的手不再需要任何护理。

这天晚上，我父亲特意关照我不要再弹钢琴。晚餐时，他酒喝得比往常更多。我听了父亲的话。但我以为他有点儿犯傻。我想他或是喝醉了或是在犯傻。

我父亲曾挚爱我的母亲。他非常狂热地爱过她，而且始终在爱她。他一直因为分居而十分痛苦。自从母亲离开后，我父亲就开始喝上了酒。

有时，他去看我的母亲，便让我照管药房。

第二天，父亲出门了，并没同我提起昨夜那件事。

这一天是星期日。天正下雨。我去埃齐农场。如同往常那样，我停靠在河边的一棵白杨树下。

过了一会儿，这个敌人也来到树下。他也骑了辆自行车。他的手已经痊愈。

他无意离去。雨还在下着，越来越大。后来，太阳在密密细雨中露了出来。他不再看我，但微笑着叫我留意夏天里有时会一边出太阳一边下雨的。

我一言不发。不过还是抬头看了看这雨天。

他告诉我，他一直尾随我到此地。他不会就此离去。

我又动身上路。他追随在后。

整整一个月，他就一直这样跟着我。我再也不在河边逗留。永远也不了。然而，他每个星期天都待在那儿。我怎么能不知道他在那儿等我呢。

我对父亲只字不提。

从此，我白天黑夜情思昏昏，梦想着一个敌人。

在我的梦里，不道德与道德纠缠在一起，不久便搅得我分辨不清是非。那时，我二十岁。

一天晚上，在圣……郊区，正当我在一条街上拐弯时，有人抓住我的肩膀，原来是这个敌人。时值七月的夜晚，八点半，天色已黑，所以我事先没见到他到来。

我们在小树林、在谷仓、在废墟中相会。后来，就在房间里。

一天，父亲收到一封匿名信。敌军开始溃退。当时正是一九四四年七月。但是我对父亲否认一切。

还是在沿河栽种的白杨树下，他告诉我即将动身的消息。翌晨，他就要乘卡车去巴黎。因为，战争即将结束，他感到很庆幸。他又同我谈起了巴伐利亚。我要到那儿同他重逢。我们要在那儿举行婚礼。

城里已经有人在放冷枪。人们揭去了黑窗帘。电台里日以继夜地播送新闻。离城八十公里远的地方，已有德军车队遭到袭击，覆没在沟壑里。

但是，我把这个人区别于其他敌人。

这是我的初恋。

我再也不能看清他的躯体和我的躯体有什么任何细微的区别。我只觉得他的身体和我的身体出奇地相似。

他的身体变成了我的身体，我再也无法辨别。我已变成一个非理性的人。面对所有可能提及的那些反对我这样缺乏理智的论证，我都要一一加以驳倒，当然，就如同推倒那一触即溃的，用纸牌搭起的房子那样轻而易举，正像驳斥那些纯粹凭空想象出来的理由那样干脆利落。让那些从未像我那样丧失理性的人首先谴责我吧。我再也没有祖国了，我只有爱情。

我给父亲留下一封短信。告诉他匿名信中所说的全是真话：六个月以来，我一直在同一名德国兵相爱。如今，我要跟他去德国。

在内韦尔，抵抗组织已接近敌军驻地。城里再也没有警察维持治安。我母亲回来了。

他第二天动身。我们说好由他用卡车带走我，把我藏在掩人耳目的防雨布下。我们以为从此可以永远不再分离。

我们又一次在旅馆相会。拂晓时分，他去圣拉扎尔大教堂那儿回到他们队伍的宿营地。

我们得在中午时到卢瓦尔河畔见面。当我中午到达卢瓦尔河畔时，他还没有完全咽气。有人从河畔的一座花园里向他开枪。

我在他身上趴了整整一天一夜。

翌日，有人来收尸，把他放在卡车上运走。就在当天夜里，内韦尔解放了。圣拉扎尔教堂的钟声响彻全城。我想，是的，我听见了钟声。

他们把我关进尚·德·玛尔斯广场的一座仓库里。在那儿，有人说应该把我剃光头。我毫不在意。头顶上剪刀咔嚓作响，我却听而不闻，漠然置之。剃完光头后，有一个三十来岁的男子把我带到街上，有六个男人唱着歌围住我。我无知无觉。

我的父亲站在百叶窗后，想必看见了我。因为我伤风败俗，药房关了门。

他们又把我带回尚·德·玛尔斯广场的那间仓库。他们问我打算怎么办。我说我无所谓。于是，他们便劝我回家。

时已半夜，我越过花园的墙。夜色真美。我躺在草地上想就此了结生命。但是，我没有死。我感到冷极了。

我久久地呼唤妈妈……约凌晨两点时，百叶窗透出了亮光。

他们只当我是死人。于是，我就在药房的地下室里生活。我能看见行人的脚，晚上，我可以看到尚·德·玛尔斯广场那长长的平面曲线。

我疯了。我凶得发疯。我好像还朝母亲脸上吐唾沫。我的头发慢慢长出来了。我对这段时期只有些许模糊的记忆。只记得我曾经朝母亲的脸上吐唾沫。

嗣后，我渐渐地觉察出白天和黑夜的区别，知道大约下午四点钟，阴影便会蔓延到地下室的墙角。我还感到冬天又过去了。

有时，家里的人允许我在深夜披上带风帽的斗篷外出。独自一人。骑着自行车。

等了一年的时间，我的头发才长长。我还在想，要是那些剃我光头的人事先想到长头发需要那么多时间，他们在剪我头发时大概也会有所犹豫的。由于人们缺乏想象力，致使我出尽洋相，名誉扫地。

一天，我母亲照常来给我送饭。她对我说，我应该离开此地。她给了我钱。

我骑车去巴黎。路途遥远，气候炎热。正值夏令时节。直到第三天早晨，我才到达巴黎。当时所有的报纸上都登着“广岛”这个名字。这是轰动一时的新闻。我的头发已长得够体面了。并没有人被剃过光头。

日本人的肖像

这是个四十来岁的男人，身材高大，脸型有点“西方化”。

选择一位长相有点西方化的日本演员的意图大概可以作如下解释：

一个具有非常突出的日本人特征的男演员很可能使观众以为，正因为那主人公是个日本人，法国女人才被他吸引。这样，不管我们愿意与否，都会堕入“异国情调”的陷阱，并且会受到所有“异国情调”都不由自主必然具备的种族主义的影响。

不应该让观众说：“日本男人多有魅力啊！”而要让他们说：“那个男人真有魅力。”

所以，最好缩小两位主人公外貌的差别。如果观众念念不忘这是个有关一个日本男人和一个法国女人的故事，那么影片就不存在其深刻的意义，如果观众忘记了这一点，那么，这一层深刻的意义也就体现出来了。

蝴蝶先生已经不时兴了，巴黎小姐也已过时。必须依靠现代社会的平等作用。为了阐述这一点，甚至可以弄虚作假。否则，拍一部法国-日本电影又有什么意思呢？应该使这部法国-日本电影看上去决不是法国-日本电影，而是一部非法国-日本电影。能做到这一点就是胜利。

从侧面看，他几乎可能像个法国人。高额头，大嘴巴，嘴唇的线条分明而生硬。脸上丝毫没有矫揉造作的表情。从任何角度来看，他面部的线条都不会是模糊不清(优柔寡断)的。

总之，他是个“国际”型的人。他的吸引力应该是一眼就被看出。因为他具备了那种年富力强却又不曾未老先衰，也不耍弄花招的男人才有的魅力。

他是工程师，但也搞政治。这并非偶然。技术是国际性的，而政治协作活动也不例外。这个男人是新式人物，关键方面则谙于世故。所以，无论在哪个国家，他都能应付自如。

从体力和精神上看，他都符合他的年龄。

对待生活，他并没有采取玩世不恭的态度。他不需要这样做：这是一个对自己的生活总是相当感兴趣的男人，所以，他从不抱憾缅怀逝去的青春，因为这样常常会使四十岁的男人变得像那些不踏实的年轻人一样，还在探索怎样做才能显得对自己充满信心。然而他，要是他对自己没有把握，那也是有其充分的理由的。

他并不是个大献殷勤的风流男子，可也不是不修边幅的人。他不是追逐女人的色鬼，他有一个他挚爱的妻子和两个孩子。然而，他喜欢女人。不过，他不是那种以“专讨女人欢心”为营生的男人。他认为那是一种“被雇佣的”、卑劣的生涯，而且也令人怀疑。从来没领略过女人(哪怕只有一个)的爱恋的人是不懂得爱情的，甚至可以说，他不是真正的男人。

正因为这样，他才与这个年轻的法国女人有了一段真正的恋情，即便她就要回国。因为，他不相信逢场作戏的恋情有什么功效，因为他怀着这样诚挚而炽烈的感情和这个法国女人一起经历了一次萍水相逢的恋情。

法国女人的肖像

她三十二岁。

她漂亮，但更富于魅力。

用某种方式说，我们也可以称她“风采动人”。在她身上，从她的言谈举止，一切“都通过她的眼神表现出来”。

这种眼神是漫不经心的。这个女人只为自己而看。她的眼神并没使她举止行为神圣化，它往往超过她的行为所表露的东西。

毫无疑问，热恋中的女子都有一对漂亮的眼睛。然而，这个女人，爱情使她比别的女人更早地陷入内心紊乱的境地(故意选择了司汤达式的字眼)。因为，她比其他女性更“钟情于爱情本身”。

她明白人并不能为爱情而死。在她的一生中曾有过一次为爱情献出生命的大好时机。然而，她并没死在内韦尔，从那时起直至今日，身在她遇到这个日本男人的广岛，她都犹如获准缓刑的人怀着“淡淡的哀愁”，缅怀着那次决定命运的惟一机会。

并非被剃了光头、身败名裂这一事实在她的生活中留下了深深的痕迹，而是我们刚提到的那次失败使她耿耿于怀：一九四四年八月二日，她没有在卢瓦尔河畔殉情身亡。

这与她在广岛对待那日本人的态度并不矛盾。相反，二者有着直接的联系……她向日本人叙述的，就是她曾失去的那次机遇，她在失去那次机遇的同时，改变了个性，成为现在的她。

对于那次坐失良机的叙述完全使她超脱了自我，把她带到这个刚结识的男人身边。

完完全全地委身于人。就是这样。

这不仅相当于一种激情的占有，而且等于举行了一次婚礼。

在广岛，她把她所拥有的最宝贵的东西——她现在表达的激情本身，内韦尔的爱情夭折后幸存的爱——献给了这个日本人。

长 别 离

陈景亮 译

前言

这个剧本，与亨利·科尔比和约丝米纳·夏斯乃所拍摄的影片有所不同。

一方面，亨利·科尔比和约丝米纳·夏斯乃在我们的剧本里加进了一些东西。

另一方面，我们的剧本所包括的一些场景他们并没有拍摄。

我们尽力尊重影片导演所增添的大部分东西，只在增添的东西与剧本的深刻含意发生矛盾时才例外。比如：晚饭前，流浪人把所剪的一张画片作为礼物送给黛蕾丝·朗格洛瓦，这一场景在我们的剧本里消失了踪影。

与此相反，我们决定把导演和我们之间甚至已达成协议不拍入影片的大部分场景[①]，也发表出来。我们认为，出版这个以我们的写法为主的电影剧本，是合法的。

玛格丽特·杜拉斯
热拉尔·雅尔洛

① 剧本中方括号里的片断就属此类。

影片开始：

宽银幕当中，出现一个男人宽大的背部，两边是耀眼的曙光和塞纳河沿岸的景色。银幕上的那个人费劲地唱着《黎明的曙光》，这是歌剧《塞维利亚的理发师》中阿尔玛维瓦伯爵所唱的一首咏叹调。

我们长久地跟随着他。他身穿一件旧大衣，银幕上出现的是他的上半身。

突然，男人的背影消失了。

画面呈现相反的景象：一片灿烂的曙光占据整个银幕。仅仅在这片光华的中心：

“一个与时代和世界都远离的男人，迷失路津。”

“他像发丝一样纤细，又像曙光一样开阔。”（雷蒙·格诺①）

我们从很远很远的地方，看见他纤细的身影。歌声渐渐减弱到勉强可辨的地步。［男人的身影也是一样。］而后，我们只听得到微弱的歌声。［再也无法辨认远远的黑点竟是个人了。在这片“没有”景物只有光芒的场面中，人影纤细至极。］

人影纤细乃尔，终于被光芒融没。就在这郊外的茫茫天空中，三架低空飞行的喷气式飞机，发出轰隆隆的巨大声响。

这三架飞机拖着三色旗，说明这天是七月十四日。

飞机飞临星形广场。

［飞机向星形广场飞去，飞到香榭丽舍大街中心（并从左岸掠过桥至右岸，向巴蒂涅勒和蒙马特尔下滑，旋又沿着巴士底狱广场的南北轴线往上飞，从共和广场飞向协和广场），在那儿，巴黎市的人流已汇成一片人海；人流还秩序井然地向那里涌去，他们在走向检阅的地点。］

游行已经开始。首先是军事检阅：一辆坦克的宽大履带轧过柔软的沥青路面，像轧过一块黄油似的。

检阅在飞机声、摩托声和军号声中进行。这时摄影机对准这支游行队伍中最有代表性的镇压力量：共和保安部队。当然还有伞兵。仅仅几秒钟，画面上出现的已不是一支愉快而光荣的军队，而是从事压迫和屠杀的恐怖的队伍（与希特勒军队的游行队伍相似）。

一束巨大的火箭似的焰火划破了黑沉沉的夜空。

---

① Raymond Queneau（1903—1976），法国作家、诗人。

火花坠下，飘散在普托桥上黑压压的人群里。

［现在，我们看见一堵巨大的墙——普托教堂的墙。黑色的墙上写着下面这句话：

“那年夏天，一个含义不明的故事发生在巴黎的近郊。”］

镜头推向普托教堂。黎明前的微曦笼罩着教堂的钟楼。

字幕在一辆重型卡车的隆隆巨响中结束。卡车的轮子轧过失落在岸边的一个玫瑰花环。

与卡车相反，洒水车沙沙地擦地而来，它喷湿了花环、纸帽、零落的花朵。

就在我们现在所处的这个地方（在面对一家窗扉紧闭的咖啡馆的普托老教堂前的空地上），我们看见阳光从教堂后面迅速地升起，升到了教堂的上面。

［不久，已到正午时分，不再有一点阴影了（起初，有一大片阴影）。］

天气很热。炎热中，河岸上蒸腾出颤颤的气流，使周围的烟柱微微跳动。一辆重型卡车开了过来。

卡车向左拐，向教堂前的空地驶来，经过咖啡馆对面一家木工厂的栅栏。

一些工人从厂里出来。

卡车在教堂前停下。车门开，一个男人从车内跳下。

他叫皮埃尔，三十五岁光景，脸上的神色说明他昨晚没有睡足，他一定连续行驶了十三四个小时。他从瓦讷来。不久，我们就发现他的卡车牌照上写有“莫尔比昂”的字样。

皮埃尔跳下地。

他显然到这儿来已成了习惯：在这尘土满地的小地方，他慢慢走着，碰上当地的居民，就打招呼致意。

他向咖啡馆走去。

这是“阿拜尔·朗格洛瓦咖啡馆”。我们从侧面看见这几个字刻在正门的玻璃上。

女老板看着屋外。当皮埃尔穿过马路向她走来时，她向他微笑。

皮埃尔站到吧台前面。仅从他俩相遇的目光，便可看出吧台后面的女人一定是这男子的情人。

正在招待顾客的年轻的女招待员向刚进来的人招呼说：“您好，皮埃尔先生。”

皮埃尔回答说：“您好。”其他顾客也一一向他致意。

女老板还顾不上去招待皮埃尔。反正，从她与顾客交换笑容的谨慎神态看，她不是一个爱张扬的女人。

这位咖啡馆的女老板叫黛蕾丝，三十八岁，漂亮而妩媚。

她举止谨慎，然而为了讨好顾客，她也打扮得很讲究；但恰如其分，从不超出商业活动的范围。

帮她经营买卖的年轻姑娘叫玛尔梯纳。

镜头有意表现这个郊外的咖啡馆在夏天早晨和中午平凡的营业情景。

皮埃尔伏在吧台末端的一个角上。黛蕾丝在招待他。

这次他们很爽朗地笑了。

晚上七点，我们再次见到朗格洛瓦咖啡馆。

皮埃尔坐在一张桌子旁。

玛尔梯纳在招待顾客。

“黛蕾丝太太，不去度假吗？”其中一人问道。

黛蕾丝沉入遐思，她随口说道：

“真的，过几天这儿倒是没什么人了。”

同一天晚上，已经很晚了，黛蕾丝在卧室里同皮埃尔又提到度假的事。

“我倒真可以到晓里欧去走一趟，个把礼拜，十来天……真的，我也许要上那里去走一趟，个把礼拜吧，”黛蕾丝说。

“我可以带你去，下星期二，十五号那天我还要路过这里，”皮埃尔说。

“真的，如果你的车去晓里欧的话，我倒可以去一趟。这样，个把礼拜就行了。因为，到了晓里欧，我总得住上一两天，也许更久些。那里的河岸，学校后面的大沼泽，总教我触景生情。待上几天之后，那股劲儿就过去了，我又急着要回这儿来了。哎呀……”

黛蕾丝又说：“以后，我可能到尼斯去。”

她像一个获得满足的孩子，情不自禁地笑了。

“因为，再回到这儿……就算度完假了……”

她说这话时显得很妩媚。

第二天，我们看见皮埃尔和黛蕾丝又在咖啡馆里。皮埃尔准备动身。

突然，流浪人的歌声划破了嘈杂的人声和唱机里的乐声，传进店内。

这正是影片开始时出现过的流浪人。

唱片已经放完。流浪人的歌声更响。他从马路那头向咖啡馆前的露天场地走来。他很不引人注目，他的经过，我们仅略有感觉而已。

他沿着教堂边的小径向河岸走去，向塞纳河走去。这时影片响起音乐主旋律。主旋律渐渐消失。流浪人已走到塞纳河边了。

他没有给任何人留下任何印象。

“是啊，”黛蕾丝说，“眼看这里一天比一天冷清。”

这时，影片化入另一个画面：一两天以后。但我们仍能听到黛蕾丝说话的余音，同时又听到了下面的这句回答：

“现在还不算怎么样呢。过几天您再看吧……”

这声音在下午四点钟寂静的气氛中回荡良久。天气异乎寻常地晴朗。教堂的钟楼沐照在艳阳下。黛蕾丝手执报纸，轻轻地扇风。吧台上有花，花影投在她的脸上。

[已到打烊的时间。玛尔梯纳在说话。

这又是几天之后了。我们上面见到的鲜花已经枯萎，玛尔梯纳正要把它扔到外面的垃圾筒里去。

她边走边说：

“瞧，黛蕾丝太太，就只剩下咱俩了。”

她们望着门外的露天场地。刚才下过一场暴雨，走到门外的玛尔梯纳，鞋陷进雨水泡软的泥地里。

玛尔梯纳回屋。黛蕾丝从吧台后绕过来，两人都显得百无聊赖。她们到门外卷起露天场地上的遮篷，水珠滴在她们的脸上。两人突然又高兴起来了，玛尔梯纳甚至笑出声来。]

“你看着吧， 明天还会更冷清呢。”黛蕾丝说。

她想了一想，又说出了曾经对皮埃尔说过的话(影片响起音乐主旋律)。

“我倒真可以去晓里欧走一趟。走开个把礼拜，尤其是这儿开始变得一天比一天冷清，还待着干吗？”

下午五点钟。暴雨的痕迹已消失多日。天气变得异常晴朗。

吧台上又摆出了鲜花，但完全不像上次的那样新鲜。玛尔梯纳坐在收银台边读报，花影婆娑地映在她的脸上。

黛蕾丝招待屋外露天座上的两位顾客，然后回屋。

注意：这些场景都是十分迅速地化入的，而且节奏有快有慢，同时，响起了主题音乐。

［黛蕾丝准备把水倒入四个杯子：一杯是为她自己倒的，另外三杯分别是为一位青年警察、一位常客和归来的皮埃尔。她手执长颈瓶站在吧台后，高高地把水倒入每个杯子里。杯子的透明度受到干扰。当最后一个杯子的透明度开始模糊时（相当于视觉音阶的最后一个音符），外面传来轻微的歌声，唱的仍是罗西尼作曲的那首阿尔玛维瓦伯爵咏叹调：《黎明的曙光》，但现在听来教人心烦。黛蕾丝拿着长颈瓶的手停止了倒水的动作，片刻之后，才又继续倒水。当歌声渐近时，她的手又缩了回去。］

歌声渐近，唱得十分准确。

玛尔梯纳："瞧，那个唱歌的。"

皮埃尔："哪个唱歌的？"

玛尔梯纳："一个流浪人。天天中午路过。"

黛蕾丝："每天早晨也路过，我一起床就听见他唱。"

歌声更清晰了。咖啡馆的门敞着，里面的人都清楚地听到这歌声。

玛尔梯纳："他今天唱的是什么？"

退休者："啊，他唱的是《理发师》里的大咏叹调。"

流浪人过来了。他步子沉着，神情庄重，面无倦色，从人行道那头朝咖啡馆前的场地走来。

当他走入露天座场地时，歌声戛然而止，脚步随之站定。他好像看见了什么东西似的犹豫了片刻。他终于拐弯远远绕过站在咖啡馆门前的警察。

玛尔梯纳(对着警察)："真逗，他好像怕您。"

警察："你这样认为吗？"

黛蕾丝也在场。她转动摇柄放下遮阳篷。

听到流浪人的歌声，她笑了。而流浪人拐过露天座，走在咖啡馆与教堂之间的马路上。

他走过黛蕾丝跟前。黛蕾丝微仰着身子，似乎不很自在。流浪人的身影像复活节岛上的大雕像。

我们看见流浪人的身材异常高大，像巨人一般。然而，他的实际穿着却并不给人留下与他身材相符的印象。他的帽子压到眼睛上，遮住了明亮的目光，脸上始终带着表示歉意的微笑。他的衣服很干净，不过留下了岁月流逝的痕迹。

和黛蕾丝一起，我们首先打量这流浪人的全貌，然后细看他的眼睛。

他从银幕前走过。

随着他身影的移近，他的眼睛异乎寻常地变大，大而无神。而后我们再也见不到他的影踪了，他又走开了。

接着我们看到黛蕾丝闭着眼睛。她手里握着摇柄，一动不动。与先前姿势唯一不同之处是她的头仰靠在涂有灰泥的墙上。此外，毫无异样：她仿佛被一种对往日的无限惆怅的情绪慢慢地笼罩住了。

画面上什么声音都没有(好像影片声带出了毛病)。

[突然，黛蕾丝像晕倒似的松开手里的摇柄。那铁器掉到地上发出咣当一声——我们这才听到声音。

这音响似乎具有唤醒理智的功效：黛蕾丝的眼睛睁开来了。整个画面复苏了。]

靠在门框上的皮埃尔急忙奔过去扶住黛蕾丝的肩膀。她睁开眼睛，看着皮埃尔，像求救一般。

皮埃尔："黛蕾丝，你怎么啦？"

黛蕾丝恢复了神志。[她用手指梳理头发，不再看皮埃尔。]

(皮埃尔根本没有觉察到黛蕾丝的情绪变化同路过的流浪人有什么关系。)

黛蕾丝(悄声)："那个人。"

她指着塞纳河的方向。

皮埃尔："那个人使你害怕了？"

黛蕾丝犹豫片刻。

黛蕾丝："嗯。"

皮埃尔："你怕他什么？"

黛蕾丝："说不上。（停顿）他走过去，我害怕了。（停顿）现在没事儿了。"

黛蕾丝微笑，显得疲乏。

夜幕降临。我们发现黛蕾丝仍逗留在与流浪人相遇的那个地方。夜空如洗。皮埃尔在她身旁。他看着黛蕾丝。黛蕾丝柔媚中透出几分忧愁，心神不定。她的目光泄露出她另有所思的心境。她向皮埃尔歉然微笑。她已陷入对阿拜尔·朗格洛瓦强烈的怀念之中。

皮埃尔："你是不肯呢，还是不能把心事告诉我？"

黛蕾丝轻声回答皮埃尔。

黛蕾丝："不能。我即便想说，也不知从何说起。［（停顿）不过，待会儿就好了。］"

玛尔梯纳（在店堂内）："黛蕾丝太太，我走了。"

黛蕾丝："哎，我就来。"

玛尔梯纳（走到门口）："不必麻烦了。"

玛尔梯纳走了。皮埃尔又盘问起来。

［皮埃尔（坚持地）："他看了你一眼，你就害怕了？"

黛蕾丝（犹豫片刻）："不，他根本没有看到我。"

皮埃尔（很温柔地）："黛蕾丝……"

黛蕾丝："可是，他的目光……"

皮埃尔："他的目光？"

黛蕾丝："是的。（她撒谎）如果你一定要问，那么，我觉得他的目光是空虚的。温和，但是空虚。（停顿）所以我害怕。"］

皮埃尔搂住黛蕾丝。

黛蕾丝起身。他们在河畔漫步，走了几步，皮埃尔仍面露忧色。

黛蕾丝依偎着他，头靠在他的颈旁。她始终神情恍惚地充满了这样的柔情。

皮埃尔："告诉我……你对我什么也没有隐瞒吗？你不会是病了吧？"

黛蕾丝微笑。

黛蕾丝："不，没有病。我以后跟你说……"

皮埃尔："告诉我，黛蕾丝，现在告诉我。你同我一起去晓里欧，高兴吗？你知道，不过个把礼拜，我就来接你一起去。"

黛蕾丝不语。但这并未引起皮埃尔异样感觉。他看看手表。

皮埃尔："我这次装的是危险品，得马上出发。"

黛蕾丝不安地叹了口气。她就怕皮埃尔让她单独留下，因为这样一来她又要陷于愁思，又要被一种神秘的恐惧感纠缠得难以排遣了。

黛蕾丝："你马上出发？"

她很快恢复常态。

黛蕾丝："好，你说得对，还是马上出发好。"

听她如此"通情达理"，皮埃尔反倒慌了，不禁喊出声来。

皮埃尔："你究竟有什么心事？说出来吧，天哪！"

黛蕾丝："我能有什么心事？你明明知道，晚上我常常考虑自己的生活。太……耗费精神。就是这些。"

夜仍黑沉沉。广场上忽响起马达声。这是皮埃尔的卡车在发动。他把手搭在方向盘上，抬眼望灯光仍没有熄灭的黛蕾丝房间的窗户。他抽着烟，凝视着窗内直至深夜不灭的灯光。他在等待。

只有摄影机，像窥探人家隐私似的钻进了被灯光照亮的黛蕾丝的卧室。黛蕾丝和衣睡着了。她的身边散乱地放着一些证件，照片，手写的信件，以及笺头印有机关名称的打印的公函。

我们虽只是很快浏览了一下这些文件，却已感到好像处身于惊险影片之中了，恨不能立即去通知皮埃尔，叫他别走。

然而相反的是，皮埃尔已重新发动马达，把车开动了。他显得很平静。黛蕾丝躺在文件上，翻身时压得文件瑟瑟作响。她惊醒了，发现忘记关灯，于是伸出手去，按了梨形开关：灯灭了。

她很快又进入梦乡。皮埃尔的车在广场上后退，然后向河岸的方向驶去。

卡车沿着塞纳河岸行驶。危险的时刻来到了：在巴黎，一个流浪人醒了，他孤独地唱着歌。在苏莱纳的上空，曙光徐明。

我们再次看到：黛蕾丝仍和衣孤零零地躺在被她压皱了的文件上。黎明从百叶窗的缝隙把光芒射进黛蕾丝的卧室。

万籁俱寂。远处传来拍打声，起先很轻，后逐渐加重。

[黛蕾丝睁眼，坐起来，以手抚胸。她眨了几下眼睛，“想听清她记忆中的声音”。]这是一个男人的脚步声。

脚步声从窗外传来，好像出现在卧室中似的。在空无人迹的广场上，这声音显得特别响。

黛蕾丝急忙下床，推开百叶窗，往下看去。

我们的视线也随之看去。黛蕾丝先是直视，然后又随着唱歌的流浪人的影踪移向一边。歌声渐远，更远了。他又走得无影无踪了。

[夜。咖啡馆里。顾客很少。黎明时出现过的脚步声显然并未消歇，它又来了，开始很轻，而后渐响。

黛蕾丝悄悄溜出店门，谁也没有留意。

歌声越近。

正是那个流浪人在边走边唱。

我们开始没有看到黛蕾丝，后来才发现她在空无人迹的露天场地的那一头。她缩在栅栏的角上等着流浪人。他离她越来越近。

流浪人没有看见她。她赶到滨河路对面的人行道上，她知道流浪人要朝哪个方向走。几辆小汽车拦住了流浪人，黛蕾丝赶到他的前面。她等待着，用手把两鬓掠向脑后压住，让自己的脸盘全都露了出来，以便流浪人辨认。流浪人经过她面前时，她抬起头来看他。流浪人虽朝她微微垂下眼睑，却似乎什么都没有看见。

黛蕾丝进行第三次尝试。她再次走到那位孤独的路人前面，这次是在河岸的台阶下。

她像刚才一样理了理自己的头发。在那里，流浪人"方便地"看到了她。可是她发觉他根本没有认出她来。于是她松手，让头发落到自己的脸上。她走上岸，扭头看看流浪人。流浪人却只顾哼着那支从不离口的咏叹调，继续走自己的路。黛蕾丝拖着沉重的步子走开了。后来她又停下，又扭头看看流浪人。她伫立着，久久地望着流浪人的背影，像看着一艘开航的船驶向远方似的。她眯小了眼睛，眼角的肌肉在微微颤抖，随着那人越走越远，她眼睛周围的肌肉抽搐得更厉害了。（她痴痴地看着流浪人走得无影无踪。）她凭栏呆立在岸边，久久不忍离去，倒像是无业的闲人那样地陷入遐思。种种意料之外的问题冒了出来，把她包围。

她的手抚摸着栏杆，又顺着栏杆抚摸石柱；她的眼睛，凝视着手。

后来，她把手缩了回来。

她往回走。她任凭头发散乱，拖着异常缓慢的步子朝咖啡馆走去。快到咖啡馆时，她重新梳理了头发，恢复了正常的步态。

实际上，并没有人发现她走开过一会儿。

黛蕾丝进屋。屋里很整洁。她微笑。

我们听见一位顾客口气自然地询问。

顾客："黛蕾丝太太，今年暑假怎么样？"

她却答非所问，不过从她的眼神看，她显然大有歉意。

黛蕾丝："天气这样好，我去岸边转了转。"]

[我们看见黛蕾丝坐在一辆差不多是空的公共汽车里，经过巴黎市区。

她踯躅在拉菲德画廊。正是早晨。

我们又看见她在"海滨"商店的货架前。

黛蕾丝："我要一只海滨旅行袋。"

她面前摆着三只袋子，但她却视而不见，就像在河岸边出现过的情形一样，她痴痴地站着。]

[我们看见人群拥挤的里昂车站，蒙帕纳斯车站。

大街上，商店的铁门先后拉上了。有几条大街，商店铁门全都拉上了。在十六区的繁华地段，只有一家铁门尚未拉上（注意：以音乐家姓氏命名的街道都集中在繁华地段）。

一片嘈杂的声音从雷诺汽车公司里传来：一排王妃牌汽车停在那儿。]

接着，我们见到一批"度假去的巴黎人"，几辆满载孩子和妇女的小车在拥挤而阻塞的高速公路上，车内叽叽喳喳地闹成一片。这是出发度假的最后一批人。

[雷诺汽车公司巨大的车棚显得冷清、空荡，只有维修组的一位小个子男人，拿着水壶在地上按"8"字形浇水。

到处是一片寂静。]

鸟儿在普托的古老教堂前的空地上歌唱。

我们进入黛蕾丝的咖啡馆。里面空荡荡的。黛蕾丝在后厅，她前面放着一只手提箱，她在清点新近买来的东西。玛尔梯纳走到她身边。

玛尔梯纳："您还买了什么东西？"

黛蕾丝："一只海滨旅行袋。"

玛尔梯纳："什么样的？"

黛蕾丝："大号的。"

玛尔梯纳："什么颜色的？"

黛蕾丝："蓝色的……你瞧。"

她心不在焉。突然，听到空地上远远传来断断续续的歌声。歌声越来越近，黛蕾丝抓住了玛尔梯纳的手，而玛尔梯纳则看着她，对她这不寻常的"举动"感到惊奇。

黛蕾丝听见《理发师》中"诽谤"那段唱词，歌声渐响。随着歌声的接近，她站起来，向门走去。她一直拉着玛尔梯纳的手。

流浪人从普托教堂那边走来，向河岸走去。他从黛蕾丝身边经过。[我们看见他从黛蕾丝面前走过时的身影：高大的身影。]当他走过之后，黛蕾丝粗暴地抓住玛尔梯纳的双肩。

黛蕾丝："去找他。"

玛尔梯纳神色慌张。

玛尔梯纳："太太……"
黛蕾丝："去找他，快去。"

她猛烈地摇晃玛尔梯纳。

玛尔梯纳："为什么？"
黛蕾丝："我叫你去。请他来。"

玛尔梯纳仍犹豫。

玛尔梯纳："怎样说呀？"
黛蕾丝："随你便，快去。"

她把玛尔梯纳推上人行道。玛尔梯纳去追流浪人，追上了，她像个小姑娘，羞羞答答地站在流浪人的前面。黛蕾丝一直站在老地方，在门口僵立着，听玛尔梯纳说什么。

玛尔梯纳考虑怎样称呼这位不平常的人物，最后，她决定叫他"先生"。

玛尔梯纳："先生……先生……"

一阵沉默。玛尔梯纳的声音传到黛蕾丝的耳里，她始终一动不动。

玛尔梯纳："您不渴吗？不喝点什么吗？"

黛蕾丝僵立着，仍然保持沉默。然后她把头探出门外，看见玛尔梯纳正领着流浪人走回咖啡馆。

黛蕾丝急忙后退，躲进后厅，拉下身后的帘子，然后靠在隔断吧台和后厅的毛玻璃窗上。

她倾听即将发生的一切，也可能不时透过毛玻璃看看店堂的情景。玛尔梯纳好像在和耳聋的老人打交道，提高嗓门说话。而流浪人的答话却是低声的。他有礼貌地把一大包报纸放到桌上。

玛尔梯纳扫视四周，寻找不见踪影的黛蕾丝。她发觉黛蕾丝不知去向，一时不知如何是好，犹豫了好一会儿。然后，她终于大胆地走到吧台后面，去倒了一杯啤酒。不过，她总显得像个孩子（她才十五岁，对这一切完全不理解）。

玛尔梯纳："天气热，嗯？您喝啤酒吗？"

流浪人不言语，耽了一会儿才微微点头同意，玛尔梯纳给他一杯啤酒，他默默接了过去。

帘子后面的黛蕾丝在聚精会神地听着，静观动向。这时，玛尔梯纳在看流浪人。突然，他脸上的细微特征（我们过去一直没有看清过这张脸，只注意到一星半点），使玛尔梯纳动容，她的眼睛流露出感动而惊讶的表情。

玛尔梯纳："天天听见您唱歌。我看见您从这儿路过。您住在那边吗？"（指指前方）

我们第一次听到流浪人说话。

流浪人："是的，那边。"

黛蕾丝靠在毛玻璃上，她在倾听。她闭着双眼。听见这简单的低声答话时，她再也掩饰不住内心的紧张。[只见她皱起眉头，脸上露出了皱纹，她竭尽全力辨认他的话音。]

玛尔梯纳："在河边吗？"
流浪人："是的，在河边。"

一位顾客进来了。在影片开头的时候，我们已经在顾客群中看见过他好几次了。他叫费尔南。

费尔南："你好，玛尔梯纳。喂，也给我来杯啤酒。"

后厅，黛蕾丝扫兴地甩了下手：因为新来的客人干扰了她的调查。此刻，流浪人也同样引起了玛尔梯纳的兴趣。她心不在焉地招待费尔南。

玛尔梯纳："您唱的是什么？是歌剧？……比如说，您刚才唱的是什么？"

流浪人："我，我唱的……是《理发师》中'诽谤'那一段。"

玻璃后面的黛蕾丝在倾听。

玛尔梯纳："歌词是什么？"

流浪人点点头，然后回答。

流浪人："起先是飞短流长，像微风掠过大——大地……"

停顿片刻，流浪人突然沮丧地冒出一句。

流浪人："下面的词儿，我记不起来了。"

费尔南自信地插话。

费尔南："这容易：然后是诽谤声起，直搅得满城风雨。"

流浪人专心地听他提词。

玛尔梯纳（对流浪人）："您怎么对这几段曲子这么熟悉？……"

她对自己会产生下面这个想法感到好笑。

玛尔梯纳："没准儿您过去是唱歌剧的？"

流浪人表示惊异。

流浪人："唱歌剧的？"

费尔南以说教式的口吻再次插话。

费尔南（向流浪人）："歌剧，这是一辈子都忘不了的。"
流浪人："一辈子，也许吧。"

他含糊的答话明显惹恼了费尔南。
流浪人又点点头。

费尔南："什么也许？确实是这样。"

玛尔梯纳（始终好奇地）："您过去真的没有唱过歌剧吗？"

流浪人："也许吧。"

费尔南："也许！什么'也许'？您有没有唱过歌剧，自己应该知道。别这么模棱两可。"

流浪人迅速做了一个出人意料的动作。他看看向他提问的玛尔梯纳，又看看气呼呼提高嗓门的费尔南。不论谁对他提高嗓门，他都感到害怕。其次，费尔南的眼睛也使他害怕。那是警察、军人和集中营头子们的凶狠而残忍的眼睛，是见到流浪汉心生疑窦的那种人的眼睛（换句话说这眼睛透出凶残、冷峻和怜悯）。流浪人对这种眼睛是熟悉的。他们都怀疑他，对于他们这号人，最要紧的事情就是查看他的身份证。他一定在宪兵或警察面前，掏过千百次身份证。他为了表明自己的身份，从内衣口袋里掏出一个小包。里面包着的正是他的身份证。他怀着恐惧的心情把小包放在吧台上，又把它推到费尔南面前。

费尔南："这是什么？"

流浪人打开了小包。

费尔南："一张身份证？（他读）罗……罗贝尔·朗德？是吗？"

流浪人："别人是这么说的。"

费尔南："怎么？罗贝尔·朗德，你这是什么意思？"

他这种不信任的口气，教流浪人听了害怕，不禁后退一步。玛尔梯纳决定表态了。

玛尔梯纳（对流浪人，礼貌地）："先生，我们什么也不问您，您有保守秘密的自由。"

流浪人："啊，谈不上秘密。"

费尔南："那，又是什么？"

流浪人（很快地）："是我失去了记忆。"

我们听见从玻璃窗的另一面传来椅子翻倒的声音，那是权作吧台和后厅之间隔断的玻璃窗。

玛尔梯纳离开吧台，向后厅跑去。黛蕾丝躺倒在长凳上，昏迷不醒。当她听见流浪人说出最后一句话时，立即昏厥过去。费尔南走到她跟前。玛尔梯纳感到恐惧，叫喊起来。

玛尔梯纳："黛蕾丝太太！"

流浪人迅速从吧台上抓起他的身份证，塞进衣袋，仓皇逃走了。黛蕾丝终于睁开眼睛。

一种新的难以形容的快乐神色出现在她的脸上。她挣扎着要站起来，低声说话。

黛蕾丝："怎么回事啊！"

费尔南用目光询问玛尔梯纳。玛尔梯纳耸耸肩，什么也不明白。黛蕾丝站了起来，靠在玛尔梯纳的身上。

黛蕾丝："我一直在嘀咕……我早料到……"

费尔南和玛尔梯纳各自在寻找黛蕾丝莫名其妙昏倒的理由。

玛尔梯纳："您看，本来就不应该让他进来。"
费尔南："这都怪天气太热……"

现在，黛蕾丝完全恢复了神智。她推开玛尔梯纳，不用她搀扶。她走开了，好像已经找到打开秘密的钥匙。她昏迷的时间那样短，动作又那样简单，与"罗贝尔·朗德"失去记忆是相应的。这次昏迷是个关键。"已经熄灭的爱情"，就从这次昏迷中死灰复燃，演出一段爱情故事。黛蕾丝因而“改变了形象”，永远变了样。她苏醒过来了，爱情使她产生自信，使她变得年轻。由于自己的发现，黛蕾丝感到柔肠寸断。玛尔梯纳和费尔南却都毫无感觉。

[可能正是她苏醒的时候，我们听到了乡间婚礼上异常清脆的欢笑声：人们喊着“祝新郎、新娘白头到老”，笑声和祝贺声响成一片(刹那间，画面呈现出迷蒙的难以辨认的景象，好似一个发声的开口，诉说着一件我们不熟悉的事物；这不是现实的景象，但它中止了一切现实的噪声)。斯特拉文斯基《婚礼》中的某些刺耳的重音音符，融化在这片嘈杂声中。]

黛蕾丝(突然)：“他在哪儿？”

她撩开帘子：流浪人已不在了。黛蕾丝匆忙穿过咖啡馆向门外走去。玛尔梯纳想拦住她。

玛尔梯纳：“黛蕾丝太太！”

她出去了。

费尔南问：“她上哪儿去？”

从这时开始，画面展开“追踪”的场面，其激烈程度不亚于西部片。人们看了不禁产生双重感触：

“积极的”：“最后，她终于找到了他？”

“消极的”：“但愿她不要与他重逢，因为人们已经感到，那将是世上最大的不幸。”

以下是追踪过程：

黛蕾丝跑着穿过滨河路。她走下岸坡，沿塞纳河边的小径走，那儿正是上次她试图让流浪人看到她的地方。天色已晚，七点半钟，她发现流浪人并没有在陡峭的岸上。她开始沿河往圣克卢的方向跑。

她沿着普托岛的巨大围墙无休止地跑着。墙上有许多很大的花体字母（那是交错覆盖的政治口号）。她小小的身影在巨大的墙上迅速地移动着。

她有点疲倦了。她走到一根横跨塞纳河的形状奇异的大管道下，放慢了脚步。管道位于苏莱纳桥和圣克卢桥之间（在那儿，从她身后很远很远的地方，在被夕阳烧红的天际，我们看见了巍然屹立的国防大楼）。

她一定跑了好一阵了，因为尽管我们看到她还在跑，她毕竟真的跑累了，她气喘吁吁地踩着碎步登上讷伊桥的石阶。

[她不跑了，在空无人迹的讷伊林荫道上踽踽独行。我们从高处看到了星形广场。这时，太阳从国防大楼的后面落下去了。]

[黛蕾丝在塞纳河的左岸，沿着布洛涅森林步行。她更放慢了速度，鞋子沾满了尘土，变成灰色的。她显然疲乏不堪。她从充满欢声笑语的露营地旁走过，那儿有好几辆黄蜂摩托，还有挂着 GB 字样的老式小汽车和一些奇形怪状的帐篷。这一天，在那儿闲逛的差不多全是巴黎人。黛蕾丝走过这片风景区的时候，我们在“追踪”场面里才见到一些人。]

黛蕾丝在夜色朦胧、空无人迹的码头上踯躅。码头位于左岸，通向圣克卢桥。夜幕悄悄地降临。突然，黛蕾丝步履开始沉重起来

（我们马上就觉察到了）。天空一片灰蒙蒙，在她面前，二十五个霓虹广告灯骤然亮了，照在圣克卢桥和没有行人的宽大路口上。

黄昏（已经擦黑）。黛蕾丝简直瘸了。她疲惫不堪，窝腰曲背。她脸上只有为爱情真正感到痛苦的表情，而且这痛苦就像涨潮一般，越来越厉害：她感到从此见不着他了，永远找不到他了。［她在铁路和塞纳河之间无休止地、一瘸一拐地走着。她的上面是与塞纳河边上的塞夫勒工厂差不多成垂直方向的圣克卢公园。］

［黛蕾丝显得衣衫不整，愁容满面。我们看她踏入聚有北非人、流浪汉的小桥咖啡馆。这个咖啡馆就在圣日耳曼区塞纳河左岸的桥边。她经过流浪汉们的身边，把他们挨个儿地一一细看（在我们看来，流浪汉似乎都一样）。

她穿过前厅，往那头细瞧，寻找她的流浪人。有几个男人伏在桌上睡着了。霓虹灯使她的脸色发亮，她的鞋盖满了白花花的尘土。］

经过三四个小时的追踪，黛蕾丝的脸色苍白。这时天已大黑，万籁俱寂，她终于在圣日耳曼区的后面——雷诺汽车工厂的对面——一间没有门的棚子里，发现流浪人睡得正香。他的床上铺满了报纸，头下压着一个背包。

这个既没有门，又缺少一两块墙板的棚子，只不过是"阿拜尔·朗格努瓦"这个被战争灾难压垮、并已失去记忆的人的一个栖身的场所。但，在黛蕾丝看来，这好歹是个家。

显然，她不会走进去（在这里，黛蕾丝崇高精神境界中所具有的那种社会教养的神圣性，像宗教仪式一般展示在纯洁无邪的气氛中。我们所说的社会教养是指对所有权的确认）。

她确实不会走进棚里。不会。她只是靠近棚子大开的门洞。她没有跨进去。她看着流浪人睡觉。

他像"幼儿园"里的"孩子"那样睡得很香。他沉浸在幸福里，显得天真无邪。黛蕾丝久久地看着他，直到深夜。她疲倦得前后摇摆，只好用一只手扶住一块墙板凸出的边缘。

她又直了直身子。

她的眼睛向周围打量，发现棚外门框附近有块大石头。她坐到石头上。她的头慢慢地靠到墙板上。她在夜里睡着了，垂下的头伸进棚里，而里面正睡着"阿拜尔·朗格洛瓦"。

与黛蕾丝睡觉的形象恰成对比的，是玛尔梯纳的睡态。她在老教堂旁边的咖啡馆里。门紧闭着，灯光照亮了吧台，玛尔梯纳靠收银台坐着，直挺挺地睡着了。

黎明前，圣日耳曼区鸟雀聒噪。夜犹未央。黛蕾丝站起来。流浪人在床上翻了个身。黛蕾丝急忙退出他视线可能所及的范围。

流浪人起身，走到塞纳河边，长久地洗脸。这是一个爱干净的男人。他拍掉身上的灰尘，拉直衣服上的折皱，挎上背包，提起用带子系着而前后晃动的一包报纸，又把一个麻袋搭到肩上，迈着稳重的大步，摸黑出发了。东方露出了一抹鱼肚般的白光。

黛蕾丝悄悄跟在他后面。

[漫长而艰难的一天开始了。

我们先来看看黛蕾丝在这一天中的表现。

对黛蕾丝来说，这一天分为三个阶段：

（一）她远远跟着“阿拜尔·朗格洛瓦”，直到十一点钟，他走进一家收破烂的商店。流浪人倒空麻袋里的东西，领取付给他的钱，这时黛蕾丝靠在店外的栅栏边。流浪人走出商店时，认出了她，向她微笑。她跟着他，愈走愈近。

（二）她胆子大起来，有时挨着流浪人的身后走，还往往同他并排走，有几次甚至走到他的前面，一转身就与他面面相视（而且，她同他并排走的时候，好几次从流浪人的左边走到右边，从两面审视“阿拜尔·朗格洛瓦”的身形)。

黛蕾丝花了整整一个上午来“审视”这个男人。她着了迷似的注意他脸上的每一个细节，她觉得每看一眼他脸部的细节，就多获得一个新的鉴定根据。

必须说明，事实上到目前为止，我们一直没有在影片里看清“阿拜尔·朗格洛瓦”的全貌(只有一处例外：第一个场景表现他到达咖啡馆与黛蕾丝劈面相遇，那时他像“复活节岛上的大雕像”)。

同样，今天我们也将看不到“朗格洛瓦”的全貌。我们每次只看到他的部分面容，也就是黛蕾丝为了验明正身而狂热地进行调查时所看到的那些部分。我们同她一起进行这次调查，参与了调查的每一个阶段。我们和她同时重新组合这张脸，这个身体。在流浪人吃完饭之后，他的身体和脸，在我们面前，同时也在黛蕾丝面前，不断交替出现，并达到了鲜明的统一。

在这又一次“追踪”的全过程中，流浪人的帽子压得低，遮住了他的后颈，以致跟在后面的黛蕾丝什么也看不到。

我们感兴趣的东西——流浪人的活动，黛蕾丝则毫无兴趣。她根本不在意。她甚至好像没有察觉到流浪人在活动似的。她感兴趣的是她接近流浪人时所看到的一系列“特写镜头”：

——他的微笑(在废品收购店的栅栏处)；

——他的一只眼睛；

——他左眼的一排下睫毛；

——耳垂上的一个小伤疤；

——他的手；

——他的牙齿，以及咀嚼沙丁鱼；

——他鼻子左边的一颗痣……

（三）当流浪人坐下来，打开沙丁鱼罐头准备吃的时候，黛蕾丝兴奋地看看他，因为在这些基本动作（睡觉、吃东西）的启发下，阿拜尔·朗格洛瓦的记忆最能受到强烈的刺激而得到恢复。

最后，她看到了流浪人月牙形指甲的“特写镜头”，确切地说，流浪人开始解包裹上的绳结，黛蕾丝发现他的一个手指上的月牙形指甲。后来，她终于说话了。

至于黛蕾丝这天的面貌是不难想象的：她在外面过了一夜，这几个小时又狂热地奔波——没有吃东西，只喝了几口流浪人瓶中的矿泉水。她这样一位循规蹈矩的老板娘，只须这样折腾几小时，就足以变成一副十足的“女浪人”的模样了，尤其是当她等流浪人用罢午餐，同他交谈的时候，更像个地道的女乞丐了。

黛蕾丝上述表现的细节在下述画面里一一交代，下面就是流浪人一天的经历：]

[他醒来之后的半小时。

天空仍然笼罩着黎明前的昏暗。

他看着地上，寻找东西，一面向有四个烟囱的雄伟工厂走去。

工厂挨着奥托依桥。

他从断了的桥下经过。]

他一声不吭、漫不经心地拾起他左边的一张废纸，然后又拾起右边稍远处的一张废纸，同时眼睛盯住另一件他期望得到的“收获”。

他拾废纸就像在田野里采摘矢车菊一样，动作很快。

他迅速地把废纸塞进肩上的麻布口袋。

黛蕾丝远远地跟着他。

半小时过去了。

洒在塞纳河上的曙光，如同洒在意大利的湖面，洒在“婚礼”宴席上的一样。洒水车可能已驰过滨河路。流浪人就在这条路上行走。他的对面则是普托镇一堵壮丽的墙，它是从塞纳河的另一侧延伸开的。黛蕾丝一直远远跟着流浪人。阳光宜人。我们时而听见斯特拉文斯基《婚礼》中扣人心弦、回肠荡气的乐句。黛蕾丝跟着流浪人，他们俩朝普托的方向走去。

太阳就要升起了。流浪人到了老教堂前的空地上。突然，他哼起了《黎明的曙光》。他走过去了。

当流浪人经过时，玛尔梯纳被他的歌声惊醒了。她走出咖啡馆，惊奇地发现黛蕾丝跟随而至，距离流浪人三十来米。

玛尔梯纳向黛蕾丝跑去。在她未到黛蕾丝跟前，还没有叫她之前，黛蕾丝急忙将手指放在自己的唇上，示意她“不必惊惶”。黛蕾丝走开了。

转眼间，被黛蕾丝跟踪的流浪人已离开广场，踏上了那头的一条小径。

他继续前进，走向一片垃圾场。也可能是这片垃圾场，使流浪人早晚都从老教堂旁的咖啡馆前经过，而不是他那“受到惊吓而并未泯灭的记忆”在起作用。后面，黛蕾丝将“开导”他的记忆。

[在到达这片垃圾场之前，我们看见他忽然兴致勃勃而又小心谨慎地走向一大堆旧报纸，那些报纸从满满的垃圾筒里漫了出来。

使人厌恶的是，大苍蝇在嗡嗡乱飞，流浪人抽出一张报纸，看了看，然后轻轻耸了耸肩，把它扔了。]

早上十点钟，可怕的、不断变化的、流动的、轻盈的光线凝固了下来，笼罩着平坦的郊野。那儿的草已经枯死，土壤被附近石油码头（在北郊）的化学物质所腐蚀，一些被抛得东一块西一块的金属碎片在闪闪发亮。

流浪人在这片千疮百孔的地方，还是发现了些东西：他漫不经心地在左边、右边拾起一些碎纸片。突然，他看见一本刊物，忙扑过去。

［早上十一点钟。流浪人走进一家收破烂的仓库的院子。他把麻袋里的东西倒了出来，有人给他过了秤，然后付给他二百三十五法郎。

他向外走。他走出院子。他与靠在栅栏边的黛蕾丝相遇。流浪人再次认出她就是普托老教堂旁边咖啡馆的女老板。他穿过大街。黛蕾丝看他进入一家杂货店，拿出收购废纸的商人付给他的钱，买了一听沙丁鱼罐头、几只面包和一瓶矿泉水，并把这些东西放进原来装废纸的麻袋。］

［正午时分，强烈的太阳光线垂直照射。流浪人在“他的山坡”上，即瓦莱里安山上，在一条阴沟旁。他试着把掉进铁盖板下的一张报纸抽出来。他做得很有耐心，终于取出了报纸。可惜，报纸被撕坏了。这时他脸上出现了强烈而短暂的失望表情。］

［现在，流浪人真正显得疲倦了。已经一点多钟。他一直待在荒凉的瓦莱里安山的半山腰。］

他弯腰趋向一个洞口，从一堆木板下面小心翼翼地拿出一堆旧报纸，一张一张地仔细翻阅。显然，没有一张如他的意。他把报纸扔下，脸上露出深深失望的细微表情。最后，他在洞底找到了某件“对他适合”的东西。突然，在阳光下，流浪人高声唱起了多尼采蒂作曲的《拉美莫尔的露契亚》。只见他拿着一本刚发现的画报。

[他坐在半山腰的树荫下，人们从那里可以看到巴黎城区。]

他把画报放在伸手能及的地方。

黛蕾丝站在他的旁边。他开始吃午饭。

从他吃饭到吃完饭的当口，连续闪现出使黛蕾丝激动的特写镜头。

——放在面包上的手；

——在阳光下眨动的眼睛；

——沾有少许沙丁鱼油的嘴角；

——在咀嚼沙丁鱼的牙齿，右眼的下睫毛有点脱落；

——鼻翼边的一颗痣；

——然后，突然出现活动着的两根手指上的月牙形指甲(他吃完了饭)，他开始解开捆住报纸的绳索(他把那捆报纸放在膝盖上)。

[绳上有十个、十五个、二十个、二十五个结。我们只模糊地看见他的手指放在绳结上。这是一件没完没了、耗费精力的事。]

流浪人在解二十五个绳结。[而在他的旁边，有一把瑞士小刀或是童子军用的小刀(他曾用它打开了沙丁鱼罐头)，在阳光下发出耀眼的光芒。]

黛蕾丝弯腰看着流浪人。［他在强烈的阳光下，面对着巴黎城，］他“解绳结的行动”是那样长，那样慢，那样令人难受，那样无休无止，不合逻辑，那样劳神费事，以至于黛蕾丝憋不住朝那把闪亮的小刀抬了抬下巴，突然发问。

黛蕾丝：“您何不把绳子割断呢？”

流浪人的脸上第一次，也许是全片中仅有的一次，露出急迫的表情，他抬眼望黛蕾丝。他狠狠地、无情地瞪她。

黛蕾丝像是为了表示歉意，连忙补充。

黛蕾丝：“哪怕以后再把绳子重新结上呢……”

［然而，流浪人终于解完了绳结。

这一捆里面有许多报纸，许多期刊。他迅速地从中挑选，他的手显得异常灵活。

他把他不感兴趣的全都放在左边的草地上（都是些报纸），把感兴趣的东西放在右边（有报纸，有期刊）。

黛蕾丝被他迅速的动作迷住了。

黛蕾丝：“您在挑选哪？”

流浪人没有回答这个不言而喻的问题。

他结束了第一步工作。

黛蕾丝抬起脚跟慢慢地蹲在他的前面。

流浪人把他右边的那堆报纸放到膝上，进行第二次挑选。但他这次选择不那么顺当，每每犹豫不决。]

黛蕾丝蹲下后，同流浪人一般高。

黛蕾丝："您要卖掉这些东西吗？"

流浪人直愣愣地看着黛蕾丝。

流浪人："不全卖。（停了一会儿）问题就在这里。"

他重新挑选了好一会儿。然后，黛蕾丝做出了回应。

黛蕾丝："我明白了。"

她说最后这句话时，带有一种很自信的口吻，并谨慎地补充。

黛蕾丝："如果我知道怎样做，就能帮助您。"

流浪人很快回答她。

流浪人："啊，不行，不行。"

黛蕾丝坚持。

黛蕾丝："一点忙都帮不上吗？"
流浪人："啊，不行，一点忙都帮不上。"

然后，流浪人从他第二次挑选的那堆东西中抽出一本画报。

他把画报放在膝上。接着，他从几个口袋里（袋上系着带子）接二连三地拿出园艺剪、厨房剪、缝纫剪、指甲剪。他快速翻着画报前面几页。后来，他在有一张面部特写照片的那一页停下来。

流浪人用缝纫剪剪下了使他感兴趣的这一页。接着，用指甲剪剪下这页上的一个男人的面部特写。而后，又以一种奇异的热情，剪后面画页上的手、广告、脸等的特写照片。

黛蕾丝看着流浪人工作。她继续进行已经开始的谈话。

黛蕾丝："我正过暑假，眼下很空闲……您瞧，我现在就闲得到处逛。"

流浪人："是的，我看见了。"

黛蕾丝再次坚持。

黛蕾丝："若能帮您一点忙，我将很高兴。您是否能告诉我您根据什么取舍，为什么要这张而不要那张……凭什么？根据什么？"

流浪人："啊……这得看情况而定……因此……"

黛蕾丝："您工作很忙。"

流浪人(简单地)："很忙。"

他干完了他的工作。现在，他的左边、右边，除了那些剪下来的面部照片外，再没有其他东西了。他膝上的一本漂亮的画报，被剪得乱七八糟，成了一堆废纸。

他望着这堆画报。

他的脸上堆起愁容。

[流浪人："太太……太太……。"

他以一种绝望而强烈的口吻央告。

流浪人："您不走吗？"]

注意：这场戏，我们惊奇地发现：流浪人真正而完全感兴趣的，只是他从事的这项剪纸活动。

流浪人的这项活动，自然“使黛蕾丝心碎”。

同样，当他后来面对许多并不使他真正感兴趣的东西时，他自然将显得茫然、无精打采和“若有所失”。

切换镜头。

现在，老教堂旁边的咖啡馆重新开业了，虽然门前尚冷落。在屋里的吧台前，玛尔梯纳正提着告示牌上的细绳，把告示牌拿走，只见牌上写着：“八月三日至十八日停业。”

没有一位顾客。黛蕾丝在同两个人谈话，这两人身穿黑服，像是要去参加宗教仪式或上巴黎的农民似的。

事实上，也正是这两个理由，使这两位卢瓦尔河畔晓里欧村的村民身着黑服坐在这里：一位是六十岁左右的女人，另一位是诚实而具有外省人相貌的三十岁上下的男子。

黛蕾丝像“以前”那样，穿着非常讲究。她的亲戚坐在后厅里的一张桌旁。她的脸上露出压抑不住的微笑。而她的晓里欧来的亲戚却愁容满面。黛蕾丝靠在吧台上，看着外面的露天座，眼里露出狂热的光芒。

整个气氛令人不安而又庄重。

黛蕾丝："他不会迟到的。"

她走到后厅去，那儿有一个男人正在合上自动唱机的盖子。

装自动唱机的人："我把这类唱片全都放进去了。一共八张。全是歌剧。"

黛蕾丝："行。"

装自动唱机的人："可是，您知道这些并不讨巧。"

黛蕾丝："没关系……就这样吧。祝你假日愉快。"

那人走了。

流浪人惯常路过的时间临近了。

黛蕾丝在唱机旁。她放上一张唱片。然后一个职业歌手用意大利文唱的《塞维利亚的理发师》中"诽谤"那段响彻咖啡馆。

我们从门口往远处望去，发现流浪人正朝咖啡馆走来。（黛蕾丝一直看着他。）

音乐在空无一人的露天座回荡，流浪人被歌声吸引，他放慢脚步。现在，我们看见他的全身。他在音乐中向咖啡馆前进，步子非常缓慢。音乐仅仅对他发生了作用，对我们几乎毫无作用。然而，这乐声却使他不知所措。

他在咖啡馆门前，默然站定。黛蕾丝招呼他进屋。他点头致谢，进屋。

他进入屋内。

黛蕾丝走近他。

黛蕾丝：“要一杯新鲜的啤酒吗？”

他点头同意，可是他的那个表示，教人难以察觉。

黛蕾丝亲切地送走玛尔梯纳。

黛蕾丝：“现在你走吧，祝你暑假愉快，我的小玛尔梯纳。”

玛尔梯纳：“可是……”

黛蕾丝：“不，不……我觉得一切都很顺利……”

黛蕾丝让她的两位亲戚悄悄坐在后厅观察流浪人。他们兴致勃勃地审视他。

流浪人转身。背对着吧台里的黛蕾丝，全神贯注地听音乐。唱片放完了，无人说话。流浪人点点头，发表结论。

流浪人：“唱得好。”

他一点也不知道将有什么下文。在那儿，他仍是一副老样子，穿得窝窝囊囊的衣服，遮盖住了他的躯壳体态。他的神情天真无邪。

万物似乎中止了呼吸。一片寂静。人们一直在注视。黛蕾丝关上了门。流浪人察觉到了，他可能顿生惧意，但又立刻镇静下来。黛蕾丝的微笑，足以使人放心。有一位顾客想进来，敲敲门。黛蕾丝表示营业时间已过。现在，咖啡馆里就只有他们四人。

黛蕾丝走到流浪人跟前，亲切地邀他入座。

黛蕾丝："您的啤酒……来，坐那儿吧。"

她从吧台端过一杯啤酒，放到后厅一张桌上。流浪人跟她进后厅。她又给流浪人一捆杂志，并示意他坐在与她的亲戚相对的那张桌旁。

黛蕾丝："瞧，我想到您了。"

流浪人没有道谢。他接过杂志，解开绳结，开始翻阅。

[这场戏要表现流浪人的行为。

他走进后厅，把自己的一捆东西放在桌上，凑近黛蕾丝给他的那捆杂志。

这场戏的前一部分，流浪人像到人家来做客的乖孩子，兴味十足地翻阅黛蕾丝给他的杂志，完全没有顾及节奏急促而狂烈的音乐。

后来，他的目光突然被自己的那捆东西吸引住了。他发觉那捆东西有些地方异常不整齐：

因为每一份《解放了的巴黎人报》第一版的报头都是向上叠好的，而且绳结就打在那上面。当他把那捆东西翻过来时，我们发现报纸全是那样折叠的。我们在影片中第二次看到他打开一个又一个绳结。

绳结很多，比上次还多，可能有三四十来个。况且边上有三个人在谈话，因而我们没有耐性看他解绳结。

流浪人却容不得半点马虎地把叠得不合规格的地方一一改正过来。

他把下面半摞报纸的报头全都朝上放好，又仔细放平上半摞报纸，把它们一一摞齐，然后清点数目（看来他要求上半摞报纸的数目与下半摞绝对相等），临了，他把报纸的报头翻过去，朝下放好。

这样重新摞过的结果是，你翻动那捆报纸，无论哪一边，我们看到的总只是报“屁股”了。

流浪人又耐心地捆扎，把原先解开的绳结一一重新打好，再把它端放在自己的面前。*]

流浪人的姑妈一直在注视他，并竭力回忆。她看看他，垂下眼睑，然后又抬眼看他。

那位青年男子也一样，他在竭力回想童年时是否曾有人向他提到过这样一位叔叔。流浪人却只顾看杂志，根本没有注意到别的。

玻璃窗外，两位妇女看着店里的那两位注视着流浪人。

黛蕾丝与她老家来的亲戚坐到一张桌边。她转身看看翻阅杂志的流浪人。

黛蕾丝(悄声问)：“怎么样？”

阿丽丝(悄声答)：“我说不好。”

黛蕾丝突然扭头，向她的亲戚暗示，故意说些话给流浪人听听。

黛蕾丝激动地引出下面这段背诵式的对话。她故意提高嗓门。对话时，她一直注意流浪人的反应。然而他却孤零零地待在屋子中央，不停地翻阅杂志。

---

* 我们这样表现，是说明流浪人做的这件事完全是他别出心裁自己想出来的，既无道理，又耗费精神；也说明他干起活来多么专注、多么有条不紊，跟工人干活相仿，不同之处只是我们看不出他这样做有何目的。

黛蕾丝："亲爱的阿丽丝，让·朗格洛瓦的身体怎么样？"

阿丽丝："让·朗格洛瓦身体很好。他妻子等你去度假哩。"

黛蕾丝："伊莎贝尔吗？是伊莎贝尔·朗格洛瓦吗？"

阿丽丝："是的，是伊莎贝尔·朗格洛瓦。"

谈话没有引起丝毫效果。流浪人在看杂志。

黛蕾丝："晓里欧，卢瓦河畔的晓里欧，村里还是老样子吗？码头呢？教堂呢？还有学校后面的那一大片沼泽地呢？"

流浪人继续翻阅杂志，但翻得很慢。其他人以急促的、探询的口气对话。三个人的眼睛都看着流浪人，流浪人却没有看他们。他们的口气渐渐带有一种使人受不了的挑逗性。他们想强迫流浪人回到自己的家园来，就像迫使一只野兽回到自己窝里一样。他们说得很露骨。

黛蕾丝（继续）："伊莎贝尔·朗格洛瓦现在有几个孩子？因为，当阿拜尔在卢瓦河畔的晓里欧被抓走时，你记得吗？那是一九四四年六月。是在卢瓦河畔的晓里欧，那天早上，阿拜尔从伊莎贝尔·朗格洛瓦的家中被抓走。那时候，他的嫂子伊莎贝尔·朗格洛瓦有三个孩子。"

阿丽丝："是的，德尼斯、乔杰特和马塞尔。"

黛蕾丝：“这是很久以前的事了，阿丽丝，很久很久了。有多久了？”

阿丽丝：“十六年了。（停顿片刻）伊莎贝尔后来又生了一个孩子，为了纪念孩子的叔叔，给孩子起名叫阿拜尔，因为在卢瓦河畔的晓里欧被抓走的那位叔叔叫阿拜尔·朗格洛瓦。”

[下面谈话差不多是喊叫出来的。]

马塞尔：“是的，阿拜尔·朗格洛瓦是我的叔叔，他是在卢瓦河畔的晓里欧被法国警察抓走的。”

阿丽丝：“是的，他是我的侄儿阿拜尔。我的侄儿阿拜尔在卢瓦河畔的晓里欧受到严刑拷打。”

黛蕾丝：“是的，后来又被押送到曼恩-卢瓦尔省的昂热市，落到盖世太保手里。（声调很低）以后你还记得吗？一九四四年六月二十四日，他被监禁在弗雷讷；在一九四四年七月十四日，他又被押送到别处去了。”

语调变得平淡，像背书一般，又像在宣读一份寻找一九四四年失踪者的寻人启事。

阿丽丝：“是的，从此跟他的朋友阿尔托·甘比尼，还有两名英国飞行员，一起失踪了。”

马塞尔：“当他们被捕时，阿拜尔·朗格洛瓦正设法护送他们去布列塔尼。”

阿丽丝：“他甚至得过勋章，阿拜尔·朗格洛瓦这位英雄，英雄阿拜尔·朗格洛瓦得过勋章。”

黛蕾丝：“是他的妻子代他接受了勋章：一九四六年八月二十四日，在荣军院，一些高级人士把阿拜尔·朗格洛瓦的勋章，授给了他的妻子黛蕾丝·朗格洛瓦。”

马塞尔：“一九三六年，黛蕾丝·朗格洛瓦同她的父母来到晓里欧的时候，她叫黛蕾莎·甘比尼。”

黛蕾丝：“她后来又结婚了吗？阿拜尔·朗格洛瓦的妻子黛蕾丝自从她的丈夫在卢瓦河畔的晓里欧被捕之后，又结婚了吗？”

黛蕾丝的语气中充满自豪，以后越来越温和，声音也越来越低。

阿丽丝：“没有，黛蕾丝·朗格洛瓦一直没有改嫁。”

黛蕾丝：“一直没有改嫁。”

马塞尔：“一直没有。”

黛蕾丝：“确实没有。她仍在巴黎。黛蕾丝·朗格洛瓦一直在巴黎。她继续在巴黎郊区的普托经营她的生意。暑假中，她回到卢瓦河畔的晓里欧去。但其余的时间，她待在巴黎。黛蕾丝·朗格洛瓦在巴黎。”

一片沉寂。他们在等待。流浪人在听。当他们中断谈话时，他就转身对他们微笑。他的微笑非常柔和、模糊、令人捉摸不透。

他之所以在听，大概是因为他们谈话声音很高。他听到他们谈话的声音太吵人。他感到惶惶不安。他是一个怕听别人喊叫的人。

然后，他突然收起方才拿出来的剪子，走了。

他走了。黛蕾丝的两位亲戚有点像演完戏的演员，大大地松了口气。

[可能还有些人在咖啡馆的玻璃窗外面。]

黛蕾丝·朗格洛瓦满脸喜色。

黛蕾丝：“是他，不是吗？”

他们三人紧靠吧台站着。

阿丽丝的声音重新变得自然、温和而诚恳。

阿丽丝：“黛蕾丝，我的孩子，我老了……你的丈夫阿拜尔·朗格洛瓦，我对他很熟悉……我是看着他出生的……（她设法阐明自己的观点）看着他长大……我认识他，比你早二十五年。（停顿片刻)你懂吗?我没有像你那样被爱情蒙住了眼睛。所以,黛蕾丝,我不会弄错的。”

黛蕾丝没有回答,她仍然喜气洋洋。

阿丽丝(继续讲):“当一个人爱上谁的时候,就常说,其实有点信口胡说,说什么唯有她才最熟悉自己的心上人。黛蕾丝,我的看法正好相反。刚才我把那个人仔仔细细地看了一番,着实看了半天,所以现在可以说……”

自信的黛蕾丝,几乎听不进别人的话。她走到唱机前,放上一张唱片。这是多尼采蒂所作的歌剧《爱的甘醇》中的咏叹调《偷洒一滴泪》。

她又转身回到阿丽丝跟前。

黛蕾丝(非常愉快地):“他的眼睛,阿丽丝。你也是从他的眼睛认出他来的吗?”

阿丽丝(道出真话,像晴天霹雳一样):“不。”

黛蕾丝:“那你从哪一点上认出来的呢?”

阿丽丝:“我认为他根本不是。”

黛蕾丝激动起来,她终于明白了。她猛然站起来,走开了。

阿丽丝：“回来，黛蕾丝……你说到眼睛……就说眼睛吧，阿拜尔的眼睛发暗。”

黛蕾丝（怒气冲冲地）：“不老是那样。”

阿丽丝：“不，老是那样的。”

黛蕾丝（叫喊）：“不对。”

阿丽丝（固执而平静地）：“就是！”

沉默。阿丽丝企图打破这种局面。她仍然平静地再次发表否定意见。

阿丽丝：“好吧……那么身材呢，黛蕾丝？朗格洛瓦家的人固然都是大个儿，但阿拜尔却没有这样高……”

黛蕾丝打断了阿丽丝的话，似乎她掌握了确凿证据。

黛蕾丝：“身材？这我知道。我的头顶正好齐他的嘴角……一点不错……他是晓里欧最高的人……这，我知道……我的头顶……”

阿丽丝也打断了她的话。

阿丽丝："同那个人比呢？"

黛蕾丝："一样。"

她得意洋洋地撒谎。但，她是在撒谎吗？不，她是知道底细的。

她们彼此都听不进对方的话。

阿丽丝的目光转向唱机。

阿丽丝（有点不耐烦）："可是，黛蕾丝……你跟我们说过，他总在唱那些歌剧。这又怎么说呢？他是怎样学会的？你应记得，当收音机播送乐曲的时候，阿拜尔他……"

黛蕾丝俏皮地笑了。她早已料到会提出这个问题。

黛蕾丝（调皮而温和地）："我的堂兄阿尔托·甘比尼呢？你把阿尔托想成什么了？他俩一起关在集中营里。难道阿尔托会不哼哼歌剧？"

阿丽丝无言以对。黛蕾丝倒突然灵感大发，她找到了支持她的"有力论据"。

黛蕾丝："再说，你看，近半个月来为什么他天天都路过这里，偏偏路过这里？”

阿丽丝：“是呀，为什么？”

黛蕾丝：“因为这里曾是他的家，我们的家。”

阿丽丝（依此推理）：“好，那为什么过去十六年中从未来过呢？”

黛蕾丝：“因为他的记忆现在正在恢复。[是他的记忆领他来这儿的。（加重语气）正如凶手有时要三十年后才回到他们犯罪的场所一样，但是，他们总要回去的。我知道是他，阿丽丝，我知道是他。]”

阿丽丝：“你怎么知道？”

黛蕾丝（很郑重地）：“我知道，就像我呼吸一样。因为我也曾经把他忘掉过。”

待在吧台那一头一直没有言语的马塞尔插话。

马塞尔：“可是，黛蕾丝，他不是有证件吗？”

黛蕾丝：“当然。但上面不是他的名字，因为直到现在，他都忘了自己叫什么。”

马塞尔：“他是怎样得到这些证件的？”

黛蕾丝：“你想，他干的这行，哪儿捡不到证件……”

阿丽丝变得相当温和。

阿丽丝："黛蕾丝，你头脑得清醒。可能，我不能相信，但也可能他就是过去的阿拜尔·朗格洛瓦。可是现在，黛蕾丝，现在你也看到了，这是什么人哪？"

黛蕾丝喜形于色，从吧台后面拿出一瓶香槟酒，以共同庆祝这些意外的新发现。她的动作干净利索。

黛蕾丝："阿丽丝，既然就是他，那就没错……"

阿丽丝看着黛蕾丝，感到惊讶。她明白自己再反对也没有用，那是枉费唇舌，况且也有失体统。

这个时刻应该显得格外温情脉脉，格外严肃。

阿丽丝和马塞尔乘小型有篷运货车走了。黄昏开始到来，他们俩都愁眉不展。

马塞尔："反正……你说……你没有认出他来……"

阿丽丝："我记忆中的那个人是那么不同，但你要知道……那么些年没有见过……还能认出什么呀……"

马塞尔："他明明姓朗德嘛，据她说，叫罗贝尔·朗德，不是吗？……这总能打听明白的。"

阿丽丝："总能打听到的。如果真是他，像他现在这副模样……啊！太吓人了！"

[第二天黎明，黛蕾丝走出咖啡馆，她夹着一捆杂志，这是流浪人头天忘记带走的。

她穿过广场，踏上滨河路，那儿几乎没有车辆和行人。

太阳从塞纳河上升起时，她正穿过圣日耳曼区，向流浪人的小棚屋走去。]

她到达小棚屋，等待流浪人出来。

流浪人出来了。他看见了黛蕾丝。现在似乎可以肯定，眼前站着的就是阿拜尔·朗格洛瓦。看到这个女人在这里，他一点也不惊讶。

她把一叠"图片"递给他。

黛蕾丝："您忘了拿走这个。"

流浪人："忘了。"

黛蕾丝犹豫了一下，然后微笑。

黛蕾丝："昨天，您走得好匆忙。"

流浪人："是啊，昨天……"

他并没有努力去回忆。

黛蕾丝总是微笑，竭力做出自然的样子看着他。

黛蕾丝：“是呀……当时我们家的人也在……咖啡馆里……您走得那样匆忙……”

黛蕾丝不等他回答，把一摞报纸送到他跟前。他一面伸手来接，一面讷讷说话。

流浪人：“家……嗯，当时很晚了。”

他接过报刊。当他把报刊抓到手里的时候，眼睛里流露出真正的满意。

他把那捆东西放在他的盒子上，然后郑重其事地拿出剪刀。

黛蕾丝站在他旁边，显然既胆战心惊又充满爱怜。最终，她说话了。

黛蕾丝：“杂志，不过是一个借口。我之所以来，是因为我有话对您说。”

她仿佛变年轻了。

流浪人：“有话对我说？”

他抬眼看着黛蕾丝，神情既平静又淡漠，令人捉摸不透。

黛蕾丝：“我要说的是，您使我想起一个人。”

流浪人：“一个人。”

他垂下眼睑。天这么热，他又穿得那样多，他低头坐下时，我们看不见他露出一点身体。

黛蕾丝：“我认识的一个人。好些年了。后来我再也没有见到他，一直没有再见到。（停顿片刻）您没法知道您哪一点使我想起他来。”

她镇静下来了。流浪人向自己的周围看了看，又抬头对着黛蕾丝。但她，这次却没有看他。

流浪人：“我能帮您什么忙吗？”

黛蕾丝以一种失望、温柔和央求的口气说话。

黛蕾丝：“我不知道。（沉静良久）您可以不时地上我那儿去……（停顿）经常见见面。（停顿）有时候一起吃点东西……（停顿）您愿意的话……咱们可以谈谈……就像这样谈谈。（停顿）咱们也可以一起听听音乐。（停顿）您……”（她突然不说了）

流浪人：“问题是我太忙。”

黛蕾丝：“我知道。但饭总是要吃的吧……在您这儿吃还是上我那儿去吃……都花费不了您多少工夫的。您不这么认为吗？”

黛蕾丝向流浪人亲切地微笑。他没有回答。黛蕾丝又说了一遍，她显得很兴奋，始终沉醉在柔情中。

黛蕾丝：“您不这么认为吗？”

流浪人站起来。他们像夫妻那样面对面站着。

流浪人：“我不明白。”

黛蕾丝笑了，他也笑了。我们看见他的牙齿“仍是老样子”。

黛蕾丝：“我早就有这个想法，奇怪的想法。”

流浪人：“是呀，挺奇怪。”

黛蕾丝：“滑稽之至……”

他笑了，因为她在笑。这个男人那样天真，所以他“看见”别人高兴，他也就高兴。他像一面镜子。

黛蕾丝：“您同意的话，我会很高兴的。”

这时，流浪人做了一个难以形容的动作，他的那双手不知放到哪里去才好。

流浪人：“很高兴……”（口气像孩子，她的话使他高兴）
黛蕾丝：“是的。”

她已采用适合流浪人的逻辑，这种逻辑如此特殊，已不符合常人行为的逻辑。

黛蕾丝：“那么……您来，是吗？就像您路过那儿一样……这对您是方便的……这两天，您哪天晚上来……”
流浪人：“是的……是的……哪天晚上……我来……”

我们又看见黛蕾丝·朗格洛瓦在她的厨房里。厨房的门对着教堂，同吧台挨着。不用说，这已是第二天晚上了。［最后，她摆好桌子，布置得简朴而隆重。桌上有两副餐具。桌布是白色的。

这是乡下家庭主妇浆洗干净的那种白色。

在这个场景开始时，我们可以看到黛蕾丝打开了一个柜子，露出了这样的白色。

桌子一摆好，]她就坐到桌子前等着。她空等了一场。

现在，她手里拎着包回到咖啡馆。

我们看见她包里露出面包。

皮埃尔在她身边。他们俩待在门口。黛蕾丝的一只手扶着门把手。

他们继续进行已经开始的对话。皮埃尔显得心事重重。

皮埃尔："这事，我不信！"

黛蕾丝："你知道，我一闭上眼睛，他就出现在我面前……"

她当真闭上了眼睛，继续闭着。

黛蕾丝："就像以前一样，就像我们没有分手前一样。他那么温柔体贴。[他是多么与众不同呀。世界上没有谁像他那样。]我们那时候相爱之深，你哪能知道？今天这无价之宝就在我跟前。"

停了一会儿。

[皮埃尔："他，他不想再认你呀。"
黛蕾丝："不，他会认我的。"
皮埃尔："谁说他还会认你？"

黛蕾丝做了个肯定的手势。

黛蕾丝："其实，你没有明白：他之所以路过这里，就是为了来寻找我，寻找他的记忆呀。"]

[沉静良久。]

皮埃尔："黛蕾丝……你还度不度假……我不用开车带你去了吗？咱俩的缘分就算完了？"

她看着他，就像看一个陌生人。她点了点头，然后走进咖啡馆，轻轻地把他关在门外。

晚上八点半。黛蕾丝再次在厨房等待"阿拜尔·朗格洛瓦"，她听到远处的歌声。她站起来，在咖啡馆里倾听流浪人的脚步声。夜幕垂空，流浪人的身影掠过橱窗。黛蕾丝走到门口，流浪人也同时到来。她给他开门。流浪人进入屋内。他的衣服仍然像原来一样，毫无变化。他的胡子既不比平时长，也不比平时短。[一个装废纸的粗麻袋搭在肩上；手里提着一捆贵重的《解放了的巴黎人报》；背上还有一只没有露出来的背包，里面装有珍贵的财富：从彩色画报上剪下来的一堆人脸。]

她又惊又喜，这充分表现出她对流浪人一往情深；此外，没有其他的惊异。写着“八月三日至十八日停业”的告示牌在那儿。

像往常那样，流浪人只向黛蕾丝微微点头致意。与此同时，黛蕾丝也向他微微致意。

她带他朝厨房走去，自从发出邀请以来，那儿始终为流浪人布置好了一张桌子。

整个房间沉浸在柔和、宜人、宁静、舒适的灯光中。

流浪人跟着黛蕾丝，但他不知不觉放慢脚步，落在黛蕾丝的后面，因为他渐渐发现了一些东西：摆好了的桌子的一角[折叠整齐的餐巾放在玻璃杯里，好比乡下人过节一样]；

[尤其是为阿拜尔预备的那张伏尔泰椅：那是一张藤椅，上面放着一个绣花坐垫，四角用细绳固定在四条椅腿上。]

应该说，这个如此简朴的场面用意却非常明确，使人一下就明白：为流浪人在暗淡的灯光下安置这张带软垫的椅子，好让他一旦坐上去之后，就会永远放弃冒着烈日到河边去干那种没完没了、繁重紧张的营生了。

阿拜尔的脸上却露出惧意。他脚穿草绳编成底的帆布鞋，那双脚在原地转了半圈。他企图说明。

流浪人：“这地方……小了点儿……”

这时，黛蕾丝转身看着他，又看看布置好的桌子。为了留住他，黛蕾丝指着咖啡馆宽大的后厅问他。

黛蕾丝：“您喜欢在那儿吃饭？”

流浪人站住，表示同意。

黛蕾丝：“那就上那儿去吧。”

紧接着，我们就看见流浪人在后厅里的一条长凳上坐下。他脱下帽子。

有人从门口经过。有几位附近的居民正从窗外往里瞧，注视着里面的一举一动。

一位妇女：“怎么啦？”
费尔南：“他们在用餐。”

一位妇女："她请他吃晚饭？"
费尔南："是的，一顿正经八百的晚饭。"

咖啡馆里，流浪人已摘掉帽子。从正面看，他头上还有些头发，但已灰白，短而干枯，像灰白的稻草。

晚饭接近尾声。

流浪人的动作很得体。黛蕾丝凝视着他的手。

她站着，为他添菜斟酒。她侍候的这个男人，过去是属于她的，是不能转让的。

我们只听到他刀叉发出声响。

在黛蕾丝跟前，"阿拜尔"却丝毫没有利用自身地位的表现。他根本没有在这从天而降的安乐窝里安居下来的打算。他住在哪里都一样。

他们的每一对答之间，都有很长的停顿。

流浪人："真好吃，您不吃吗？"
黛蕾丝："啊，我饭量很小……"

她从一张放餐具的小桌上端起一个干净的盘子，放上干酪。

屋里很静。

我们只听到一种"声音"：妻子侍候丈夫"用餐"的声

音：因回忆而感到“有罪”的妻子在侍候天真的丈夫用餐的声音。

黛蕾丝：“您喜欢吃干酪？”

流浪人：“是的，很喜欢……我吃了不少。”

他在吃一片薄薄的干酪。

她用一种难以形容的口吻说话。

黛蕾丝：“吃东西方面，您有偏爱吗？”

他费劲地想回答。她等待着。她认为她知道他偏爱什么样的干酪，至少，她自以为是知道的。她再次等待着，强烈希望他记忆中的“本能的”东西受到启发。

流浪人：“等一等，是的……肯定有所偏爱……您等我想想……”

但他说不上来，什么也没有说。她在一边帮他回忆，她一再讨人喜欢地给他提示，说了一种卢瓦尔出产的干酪的名称（这是臆想出来的）。

黛蕾丝："也许叫曼恩干酪吧？"

流浪人："啊，没错！曼恩干酪。（停顿片刻，做了个手势）很酸的。"

她说出这种干酪的名称，他并不奇怪，对她的这一非同小可的发现，他根本不在乎。他只顾吃他的干酪。她给他倒了一杯酒。

黛蕾丝："在巴黎，不是不可能找到曼恩干酪，这是有季节性的。那边的副食店一来了货，咱们就能买到了。"

流浪人："那边的……"

黛蕾丝："是的，是的，从曼恩-卢瓦尔来货的。曼恩干酪是曼恩-卢瓦尔出产的一种干酪，是夏天吃的。"

流浪人："曼恩干酪是夏天吃的吗？"

他可能有点弄糊涂了，不过只是一点点，稍微一点点。

流浪人："我还不知道呢。"

黛蕾丝的口气仍然不变，她几乎成了善于敷衍的人了。

黛蕾丝："不过，我也可能记错……"

他们相视而笑。黛蕾丝又回到干酪的话题上来。

黛蕾丝："就是咱们说的那种。"

流浪人表示怀疑。

流浪人："啊，我刚才还以为，还以为……"

她等他说下去，可是没等来后面的话。

黛蕾丝："您好久没吃到这种干酪了吧？"
流浪人："是啊……一定很久了。"

他继续吃干酪，黛蕾丝显得非常温柔。

黛蕾丝："您不记得了？"
流浪人："唉，不记得了。我丧失了记忆。"（这话他说得像请求原谅似的。）
黛蕾丝："啊，我还不知道呢。"

她"不知不觉地"撒了谎。
流浪人始终像请求原谅似的。

流浪人："德国……"

黛蕾丝："您被押送到集中营了？"

流浪人："是的。这是别人后来告诉我的……但饮食方面的爱好，我是记得的。"

他这些话尽量说得轻声细语。

她拿起酒瓶给他斟酒，给自己斟酒。然后又给他端上干酪。他点着头，接了过去。他的出现奇妙地造成一种有点拘束的气氛。他们有一搭没一搭地交谈着。她竭力控制住自己激动的情感。

[黛蕾丝："在失去记忆之前……"

她忽然不说了。

他抬起头，等她说下去。

黛蕾丝："您一定吃过不少苦头吧？"

他奇怪地，然而有礼貌地看着她。

流浪人："就是说，只是我现在记不起来了，是吗？"

黛蕾丝接着说。

黛蕾丝："是的。]（停顿片刻）那么，有人告诉您在德国的遭遇吗？"

流浪人："啊，是的，有人告诉我了。"

就像他有时表现的那样，他情绪低落了；就像在他的塞纳河畔狭小的栖身之地一样，他几乎有点还没睡醒的样子。他一声不吭地吃着东西，神态木然。[也许是黛蕾丝给了他一些好烟。]他使劲儿地吸着烟。可能是他吃多了，或许是黛蕾丝让他喝多了，而他平时吃得很少。黛蕾丝再次利用了他这种昏昏然的精神状态。

黛蕾丝："但您开始有记忆的那一瞬间，您还记得吗？"

他皱皱眉头，突然紧缩身子，显得像个老人。

流浪人："什么瞬间？"

黛蕾丝："就是您丧失记忆以后所能想得起来的第一件事。"

流浪人："啊，是的……是的，那是在一片庄稼地里，有一堆灌木丛（比划了一下），圆乎乎的，纹丝不动。周围静极了，没有人。我分明记得，那是白天。这已是很久以前的事了。"

黛蕾丝加强了语气，喊出声来，但她的声音很低沉，流浪人并没有听见。

黛蕾丝："但当时呢？当时您感到怎样？"

流浪人没有回答。他毫不惊讶，他根本不惊讶。黛蕾丝继续说。

黛蕾丝："这很难得，是吗？我想问的是，当您发现自己在一片陌生的田野里，您有什么反应呢？"

他垂下眼睑，陷入沉思。

黛蕾丝激动起来，但始终控制住自己。

黛蕾丝："您感到奇怪吗？"

流浪人："啊……不。我站起来，开始走……就是这样。我站起来，我走，就是这样。"（停顿片刻）

黛蕾丝："可是，您说到了灌木丛，田野，太阳。您以前见过……这类东西么？"

流浪人："那我怎么知道？"

黛蕾丝："后来又怎么样？您刚才说，您站起来，走，后来呢？"

流浪人："啊……是的……我站起来，走，后来头有点疼（比划了一下）。就这样。"

黛蕾丝完全恢复了镇静。怎样深入下去呢？怎样才能引他谈得更深呢？

黛蕾丝："您愿意听音乐吗？"

流浪人："嗯，好吧，听音乐。"

他微笑。

两人都坐在唱机前面。

他们坐在两张椅子上，面对着唱机。完全像坐在戏院里一样。他们在听歌剧《塞维利亚的理发师》中阿尔玛维瓦唱的小夜曲。

空荡荡的咖啡馆。只有唱机上的灯光闪耀着。

他们在听罗西尼作的曲子。

当唱片放完时，流浪人在唱机前唱了起来。黛蕾丝非常严肃地听他唱，而她脸上流露出一种痛苦的表情。

黛蕾丝再次起身，她开了电灯，走到吧台后面，拿出一瓶早已准备好的香槟酒。她几乎笑起来。

黛蕾丝："咱们来喝点香槟。"

流浪人惊喜地“啊”了一声，他感到不知所措。

黛蕾丝：“偶尔喝点，有什么不可以？”

光线从天花板上射下来，他俩沉浸在这片不相宜的灯光中。黛蕾丝站在吧台后面，向杯中斟酒。

在咖啡馆附近，已经聚集了好些人。

退休者：“我知道，她没有把握。那身架……那一举一动……还有那说话的声音，她都在掂量。”

费尔南：“如果流浪人记不起她，那她认出他来有什么用呢？”

退休者：“但是您设身处地为她想想。您要知道她收到的死亡通知书，我也见到过，我当时就觉得那上面说得不清楚。”

黛蕾丝：“这一定很不寻常（十分注意用语），您刚才说的那事……（停了一下），您说丧失了记忆（停了一下），就像这类事……您全都不记得了，是不是？”

流浪人：“是的，全都不记得了。不过，您知道……”（他没有说下去，那语气很谦卑，好像要说：“我丧失记忆，您是知道的。”）

黛蕾丝说话的语气就像对他倾诉爱情似的。

黛蕾丝："任何事情……真的，任何事情都不记得了？"

流浪人微笑，并轻轻地点了点头。她继续说。

黛蕾丝："任何人……哪怕一个人您都不记得了……"

他微笑，又很轻微地点了点头。

黛蕾丝突然绕过吧台，朝流浪人走来。她一下站住，对他大声而挑衅似的说话。

黛蕾丝："要是有人建议您追回失去的记忆呢？要是有种方法能使您恢复记忆呢？要是有一项新发明能使您忽然获得您失去的一切呢？"

流浪人后退了一步。

流浪人（低声地）："我不明白。"

黛蕾丝竭力喊叫，要求他，恳请他。

黛蕾丝："忽然一下子涌出三倍、甚至几十倍的往事……"

流浪人又退了一步。

黛蕾丝：“也许，您以前有家有业……有好几幢王宫般的住宅……有天下最好的朋友……有个温暖的家庭……”（停顿良久）

声音变得很低很低。

“有个妻子……唯一的妻子……她可能同样经历了各种磨难……谁知道呢？也许您到过不少地方？到过天涯海角……那么，您为什么硬要把这一切拒之门外呢？完美的生活，您只要一回头便能得到……您为什么偏偏不要呢？”

流浪人仍然后退。也许为了找他的帽子吧？他说话声音很低，好像害怕似的。

流浪人：“我没有不要什么呀。”

黛蕾丝走去坐到后厅里的长凳上。她显得疲乏不堪。流浪人上前走了一步，他显得沉静，但仍是一副懵然不知的样子。黛蕾丝说话的声音很低，非常低。她已恢复了平静。

黛蕾丝：“对不起。”

他没有回答。

黛蕾丝："我只是想说（声调一直很低，而且有气无力），您要是多努一把力，您也许能想起更多的事，不止您方才说的田野……太阳……灌木丛……也许您肯再试试……"

我们可想而知，在这一点上，流浪人会一如既往地教她失望的。

流浪人："我怎么努力，怎么试呀？"

黛蕾丝终于又暴躁起来。

黛蕾丝："没有人说您装疯卖傻吧？"

流浪人微笑着答话了，好像受到吹捧似的。

流浪人："没有……噢，有人说过……在警察局。不过我根本不信。"

黛蕾丝改变语气，说得婉转而煞有介事。

黛蕾丝："我还是那个意思，就是说，倘若过去您当真很幸福，那么，今天回忆起来，您会觉得很痛快的……"

流浪人："幸福。过去。"

黛蕾丝："是的，为什么不是呢？"

他沉思，重复黛蕾丝的话，但说得很空洞，很干巴。

流浪人："可能吧。谁知道呢？哎！幸福……过去……"

黛蕾丝避开了他这部分谈话。

黛蕾丝："有关您的记忆力问题，大夫们对您讲过什么吗？告诉我！"

流浪人："讲过。他们说，他们也不知道。"

黛蕾丝像疯了似的一再追问，她失去理智了。

黛蕾丝："他们没有给您一点希望吗？没有说哪天您可能恢复记忆吗？……一点希望都没有？"

流浪人："我不知道。"

她的眼睛里明显噙着泪水，但出于面子，她仍然笑着，又到唱机前去放了一张唱片。为了结束这种失去理智的谈话，她改变了话题。

黛蕾丝："跳舞，您还记得吗？"
流浪人："跳舞，跳舞……（高兴地）也许还行。"

她开始向他伸出手臂。

黛蕾丝："跳一个，好吗？"

流浪人向黛蕾丝走去。他们开始跳舞。他们跳舞。

他跳得很好。黛蕾丝很得体地依偎着他。她既沉浸在幸福中，又充满了希望。她一边跳，一边端详他的侧面，耳朵和头发。她非常激动，然而话却简单。

黛蕾丝："感谢您的光临。"

她小心翼翼，但同时又控制不住自己的感情，渐渐地，她用手轻轻抚摸流浪人的头。这一动作持续了很久。后来，她摸到了他头上一个垂直的大伤疤。她的手停住了，一动也不动。

流浪人转动身子，背对着后厅板壁上的一面镶有黑框的镜子。黛蕾丝从镜子里看到了那个伤疤。这个头上有疤的人，像幢炸坏的房屋，虽然还没有倒塌，但已毁坏得难以修复了。然而，他对生存仍抱有美丽的憧憬。他记不得自己头上有这么一个伤疤吗？对着镜子里的伤疤，黛蕾丝呆住了。她停止了跳舞。流浪人对她中断跳舞感到惊讶。他回过头去，想看看黛蕾丝在看什么。可是，他在镜中看到的只是他自己的脸。

这时黛蕾丝又说了一遍。

黛蕾丝："感谢您的光临。"

她伏在这个有伤疤的头上，哭了。

但流浪人并没有察觉。他们又开始跳舞了。他专心而使劲地跳着，像个年轻人。黛蕾丝非常合拍地伴随着他的舞步。

黛蕾丝："瞧，您跳得多好。"
流浪人："哦，您真是一个客气的女人。"

黛蕾丝知道，这算完了。流浪人将永远认不出她了。她仍然问他，但完全等于问自己。

黛蕾丝："一个女人？难道您不记得您曾经有过一个女人吗？您爱过的？"

流浪人做了一个否定的表示。

黛蕾丝："有一回，您在远离巴黎的地方，订了婚，不记得了吗？"

流浪人再次做了个否定的表示。

黛蕾丝："后来，您就同一位名叫黛蕾丝·朗格洛瓦的女人结了婚，您不记得了吗？在晓里欧？在卢瓦尔河畔的晓里欧？"

他又做了个表示，这动作几乎让人看不出来，意思却是明显的：不记得。

华尔兹唱片结束了。

黛蕾丝："瞧，您跳得很不错。"

不知是什么原因，或许是她第一次使他激动了，他并没有坐下，而是看着她。

流浪人："啊呀，您太客气了，真的。"

黛蕾丝："不，不，不是的。（停了一下）我已告诉您了。您使我想起了几年前我认识的一个人。"

流浪人："后来您再没有见到他？"

黛蕾丝："没有。一个我很爱的人……"

她坐在一张椅子上。满腹心事使她筋疲力尽。流浪人站在厅的中央。

流浪人："这是很伤心的。"

她简单地回答。

黛蕾丝："是呀。"

他们面对面站着。黛蕾丝再次追问。

黛蕾丝："关于您的记忆，人家说了些什么？是不是说过，总有一天……您能忽然恢复记忆？"

流浪人："啊，您哭了。"

黛蕾丝："是吗？"

她笑了。流浪人放心了。但他不再回答问题。

流浪人："啊！"

咖啡馆里，只有他们俩。流浪人没有坐下。这时远处的摆钟响了。他拿起帽子。

黛蕾丝："您要走了吗？"

他表示要走。

他向黛蕾丝伸出手。她握住他的手。他们像世上所有的人那样握手。她不再哭，但更感难受了。他们彼此一句话也不说。他向外走。她看着他没戴帽子的头，被击伤的头，渐渐远去。她打开了门，他就在她的前面。他头上的巨大伤疤就在她眼前。在这世界上，她眼睛里只有"活着的先夫"，其他一概看不见了。

流浪人戴上帽子。他走到由咖啡馆的灯光照亮的人行道上。看他向远处走去，人们停止了谈话。大家像看圣人一样看他走过去。黛蕾丝靠在咖啡馆的玻璃窗上，同样注视着他。

广场上的人都静止不动，只有流浪人在动，在走。

那边站着一名警察。流浪人看见他，赶紧转身，绕到教堂那边去。大伙儿的目光追随着他。当他走到广场中央，快要走开的时候，黛蕾丝终于叫他了，喊出他的名字，喊出她一直不敢喊的名字。她呼喊名字。起初，她害怕地、很不自在地喊。

黛蕾丝："阿拜尔……阿拜尔……阿拜尔 · 朗格洛瓦。"

流浪人没有回头，没有看她。行人停步注视他，他的腿感到发僵，步子缓慢了，但仍向前走着。

黛蕾丝又开始喊，连续不断地喊。他仍没有回头，因为从来没有人这样招呼过他，他怎么知道叫的就是他呢？

他没有回头。

黛蕾丝继续叫喊他的名字，引得在场的人们都帮她喊。

众人："阿拜尔·朗格洛瓦！阿拜尔·朗格洛瓦！"

大家都在看着。在黛蕾丝和流浪人之间的闲人当中，有人接替黛蕾丝叫喊。但他没有听见近乎发狂的妻子的喊声。有位"顾客"与他擦肩而过，回头叫他。

众人："阿拜尔·朗格洛瓦，有人叫您。阿拜尔·朗格洛瓦！"
黛蕾丝(吼叫)："阿拜尔·朗格洛瓦！"

这时，我们看见阿拜尔·朗格洛瓦转身。[他一松手，手里几捆东西软绵绵地掉在地上。]在沉沉黑夜里，他缓慢地、异常缓慢地举起双手，就像一个被判处死刑的人一样。

人们停止叫喊。黛蕾丝沉默了。阿拜尔·朗格洛瓦仍然举着双手，他完全僵住了，像等候枪决一样。他在等候。一扇窗户里的灯光照着他。我们看见他的眼睛，他那难以言状的激动的表情。

由于他所等待的枪决并未发生，他是否又产生了希望呢？

突然，他拼命地朝塞纳河边逃去 [并把他的生活用品，他所有的杂志报纸都丢在地上]。

一些旁观者去追他。

黛蕾丝立在原地未动。

远处传来汽车刹车声。

是末班车吗？

所有的人都向不绝于耳的刹车声赶去，只有黛蕾丝没有动弹，她靠在咖啡馆外的玻璃窗上，面对着一片空无人迹的广场。

最后传来汽车碰撞声，或者是某件重物撞到了河边一个人的身上，或者是黛蕾丝撞倒了哪样东西。

黛蕾丝在咖啡馆里，河岸那边围了一圈人。但是黛蕾丝没有看见。她这里一切都很平静。

皮埃尔回来了。他在黑暗中呼唤黛蕾丝。黛蕾丝从吧台后面出现，站着不动。

皮埃尔："黛蕾丝，黛蕾丝……不要紧，不要紧。"（停顿）

黛蕾丝："不要紧？"

皮埃尔：“是的，没事儿。”

黛蕾丝神情恍惚，焦躁地问。

黛蕾丝：“那么，他在哪儿？”

皮埃尔：“走了。”

黛蕾丝顿时现出一副难以言状的沮丧的表情。

黛蕾丝：“他会回来的。”

皮埃尔：“别惦着了。你知道，不会有结果的。”

黛蕾丝根本没有听见。况且，对她来说，今后，一切与她心愿不符的东西，她都不承认。她像看陌生人一样看着皮埃尔。她竭力表明一种态度。

黛蕾丝：“应该用别的方法试试。也许要更有点耐心。也许要凶一点。你说呢？”（沉默良久）

皮埃尔不答，黛蕾丝并不在乎。

她的语气渐渐恢复自然。

她绕过吧台，像在清点流浪人刚才留下的痕迹。

黛蕾丝："是呀，再过些日子，冬天来了，天气冷了，他或许就回来了……夏天，这个季节不好……"（沉默）

黛蕾丝："而冬天……山穷水尽……他没有地方可去……夏天……他们（指流浪汉）自在得多……得等到冬天……等到冬天……"

银幕出现"完"字，而黛蕾丝的话音犹喃喃未断。

图书在版编目(CIP)数据

广岛 /(法) 玛格丽特 · 杜拉斯(Marguerite Duras)著;
王道乾,谭立德,陈景亮译.
—上海: 上海译文出版社,2019.4
(杜拉斯全集;4)
ISBN 978-7-5327-7924-6

Ⅰ.①广… Ⅱ.①玛… ②王… ③谭… ④陈… Ⅲ.
①中篇小说—法国—现代②电影文学剧本—作品集—法国
—现代 Ⅳ.①I565.15

中国版本图书馆 CIP 数据核字(2018)第 159355 号

图字: 09-2005-609 号 09-2005-142 号 09-2007-639 号

广岛:杜拉斯全集 4
Monderato cantabile. Hiroshima mon amour.
Une aussi longue absence

Marguerite Duras
玛格丽特 · 杜拉斯 著
王道乾 谭立德 陈景亮 译

出版统筹 赵武平
责任编辑 李月敏
装帧设计 UN_LOOK LAB

上海译文出版社有限公司出版、发行
网址: www.yiwen.com.cn
200001 上海福建中路 193 号
山东临沂新华印刷物流集团有限责任公司印刷

开本 890×1240 1/32 印张 11.75 插页 6 字数 110,000
2019 年 4 月第 1 版 2019 年 4 月第 1 次印刷

ISBN 978-7-5327-7924-6/I · 4882
定价: 56.00 元